KB206703

조재선의
글스토랑

조재선 글 · 장지혜 그림

조재선의 글스토랑

초판 1쇄 발행 2024년 10월 15일

지 은 이 　조재선
발 행 인 　권선복
편　　집 　한영미
디 자 인 　서보미
마 케 팅 　권보송
전 자 책 　서보미
발 행 처 　도서출판 행복에너지
출판등록 　제315-2011-000035호
주　　소 　(157-010) 서울특별시 강서구 화곡로 232
전　　화 　0505-613-6133, 010-3267-6277
팩　　스 　0303-0799-1560
홈페이지 　www.happybook.or.kr
이 메 일 　ksbdata@daum.net

값 20,000원
ISBN　979-11-93607-60-2 (03810)

도서출판 행복에너지는 독자 여러분의 아이디어와 원고 투고를 기다립니다.
책으로 만들기를 원하는 콘텐츠가 있으신 분은 이메일이나 홈페이지를 통해 간단한 기획서와 기획의도, 연락처 등을 보내주십시오. 행복에너지의 문은 언제나 활짝 열려 있습니다.

조재선의
글스토랑

조재선 글
장지혜 그림

가족이라 쓰고 행복이라 읽는다

도서
출판 행복에너지

가족이라 쓰고 행복이라 읽는다

저는 가끔 포복절도합니다. 인생이 재밌기 때문입니다. 가족이 재밌고 만남이 재밌고, 아니 세상사의 모든 상황이 해학 넘쳐 저는 보고만 있을 수 없었습니다. 저는 이 웃음을 터트려야 했습니다.

불확실한 미래에 대한 불안이 깊어 가는 이 시대에, 저는 이 해학 미사일로 세상에 막강한 공격을 퍼부어야 할 민족중흥의 역사적 사명을 부여받았습니다. 28년산 부부의 인생살이와 에피소드, 그리고 저의 상상력과 삶의 익살스러운 장면들은 독자 여러분을 웃음과 감동, 그리고 깊은 사색의 세계로 인도할 것입니다. 부부, 가족 그리고 인생사에 티키타카하며 만들어 내는 일상의 맛과 다채로운 삶의 모습들은 저출산이라는 현시대의 과제에도 긍정적인 시너지로 작용되길 소망해 봅니다.

제 인생에 중요 포인트 중 하나는 설악산 공룡능선입니다. 1994년 7월, 룸메이트의 달콤한 꼬임에 넘어가 공룡능선에 도전하게 됩니다. 고향 앞산도 제대로 오른 적 없었는데, '별거 아니야'란 룸메이트의 말만 듣고 '덜컥' 공룡능선이란 전선을 넘게 됩니다. 비선대에서 출발, 마등령에서 1박하고 공룡능선을 넘어 시흥각 휴게소에서 1박하고 내려오는 대장정입니다.
호기 있게 출발했지만, 첫날 마등령을 오르는 코스는 지옥의 레이스였습니다. 공룡 아가리 속으로 들어가는 것 같았습니다. 30kg 넘는 배낭도 한몫했지만, 정말 힘들었던 것은 끝없이 이어지는 오르막과 내리막입니다. 제 상식으론, 산은 올라가면 끝나는 줄 알았는데 설악산은 가파른 봉우리를 셀 수 없이 오르내리며 전진해야 했습니다.

2시간쯤 오르자, 저는 탈진하여 배낭을 집어 던지고 깊은 후회의 늪에서 허우적거려야 했습니다. 다시는 설악산을 쳐다보지 않는다고 하면서, 룸메이트에게 으르렁댔습니다.

보통 등산인이 4시간 가는 코스를 우리는 8시간 넘게 악전고투하며 정상 언저리에 들어섰죠. 앗, 그런데 이게 웬일입니까! 왔던 길을 되돌아보니 설악산이 어쩌면 그렇게 멋있는지, 무릉도원이었습니다. 아니 무릉도원이 있다고 해도 이에 감히 비교할 수 있을까요? 수많은 봉우리가 펼쳐내는 장관을 표현한다는 것은 저의 글쓰기로는 불가해한 일입니다. 특별히 제가 힘들고 절망했던 그 지점이 화룡점정畵龍點睛의 절경을 만들어 내더군요.

가정이라는 산은 설악산보다 더 많은 봉우리를 가진 거친 산입니다. 기쁨, 행복이란 오르막을 오르다 스트레스와 실패의 내리막을 경험하기도 하고, 수많은 봉우리를 통과해서 우리는 미래를 향해 한 걸음씩 전진합니다.

아내와 티격태격하던 그 지점, 아들 문제로 갈등하던 코스는 정말 힘들고 모든 짐을 다 던져버리고 싶었던 지옥의 레이스였지요. 그러나 몇 개의 봉우리를 오르내리고 어느 정도의 세월이 흐른 후, 지나온 날을 돌이켜 보니 추억이 되고 행복이 되고 멋진 절경이 되더군요. 특히 제 인생의 쓴맛을 경험했던 그 지점들은 반짝이는 보석이었습니다.

그렇다고 우리 가족이 특별하다는 것은 아닙니다. 보통의 가정과 비슷하게 많은 봉우리를 오르락내리락합니다. 대부분 사람이 추구하는 행복과는 결이 다를 수 있지요. 그러나 행복의 기준이 어디 있을까요? 보리떡 하나 먹어도 감사와 행복을 느끼는 이가 있는가 하면, 산해진미 앞에서도 한숨 쉬며 스트레스와 MOU를 맺는 이들도 있습니다.

이 책에서 보여주고 싶은 이야기는 우리 가정의 성공담이 아니라, 승리의 방정식을 풀어내는 도깨비방망이가 아니라, 평범함에 숨어있는 행복입니다.

많은 이가 행복이란 파랑새를 찾아내기 위해 온 세상을 뒤집고 다니지만, 틸틸과 미틸이 보여준 것처럼 행복이란 파랑새는 가정이라는 환경에서 가장 잘 자랍니다.

저는 메모하는 것을 좋아합니다. 일상에서 희로애락이 버무려진 에피소드는 빠뜨리지 않고 기록합니다. 그러다 보니 많은 분량이 모아져, 주제별로 분류하던 중 저는 정신이 번쩍 들었습니다. 카프카Franz Kafka 의 말처럼 제 안에 있던 꽁꽁 얼어버린 감성을 도끼로 깨트린 것처럼 말이죠. 전에는 스트레스 범벅이던 에피소드가, ♪가슴 아프게 가슴 아프게♪ 하던 사건이, 시간이라는 소금에 발효되니 추억이 되고 감동이 되고 교훈이 되는, 맛난 이야기로 변한 것입니다. 아픔에 튀겨진 이야기가 각도를 바꾸어 보니 마술을 부려 다른 시각으로 보이는 겁니다.

조재선의 글스토랑

저는 가만히 있을 수가 없었습니다. 마라톤 전투에서 승리한 소식을 알려야겠기에 42km를 전속력으로 달렸던 이름 모를 병사처럼, 저도 알려야 하는 사명감에 불타올랐습니다.

조재선의 글스토랑은 물음표로 끝맺는 에피소드episode 모음집으로, 단맛 신맛 짠맛 쓴맛 감칠맛 등 모든 맛이 고루 섞인 인생 요리책입니다. 저자 개인의, 가족의, 주변에서 생성된 이야기이지만 차근차근 살펴보면 모든 사람이 겪어내는 평범한 이야기입니다. 사람마다 같은 음식이라도 느끼는 맛이 다르듯, 이 책도 독자마다 다른 감동을 전달해 줄 것입니다. 어떤 이에게는 지나치기 쉬운 일상이 특별한 의미로 다가올 수 있고, 어떤 이에게는 웃음과 눈물이 공존하는 소중한 추억이 될 것입니다.

이 책의 주인공으로 선뜻 출연해 준 아내와 조연으로 합류해 준 두 아들에게도 진심으로 감사 뜻을 전합니다. 내용을 읽어나가면 부부와 가정, 아들의 민낯이 그대로 드러나는데도 남편의, 아빠의 비전에 기꺼이 동행해 주었습니다. 가족 이야기가 대부분이기에 여러 번의 가족회의를 하면서 내용, 제목, 구도 등을 같이 세워나갔습니다.

또한, 글스토랑을 서점에 태어나도록 도와주신 행복에너지 출판사 권선복 대표님에게도 감사드립니다. 이 책이 행복이라는 구도를 기초로 하고 있는데, 행복에너지를 충전해서 이 거친 서점가에서 굳건히 자리 잡기를 소망해 봅니다.

이상일

용인특례시장

"책장을 넘기다가 웃음이 빵 터졌습니다. 번개가 친 듯한 느낌도 받았습니다. 내 얘기, 아니 우리 모두의 이야기인 것 같아서였습니다."

『조재선의 글스토랑』을 읽기 시작하면 도중에 멈추기가 어렵습니다. 다시 앞으로 돌아가 중간중간 페이지를 넘기게 하기도 합니다. 곱씹을수록 묵은지 같은 깊은 맛이 우러나기 때문이죠. '가족이라 쓰고 행복이라 읽는다'라는 부제를 달았는데, 우리 모두 그 안에 속하면서도 잊고 살아가는 가족의 가치를 일깨워 줍니다. 저 역시 한 대 맞은 듯한 느낌으로 지난날을 돌아보기도 했습니다.

저자는 가족이라는 울타리 안에서 일상으로 일어나는 다양한 에피소드들 속에서 큰 울림이 있는 의미들을 찾아내 전해줍니다. 우리가 의식하지 못한 채 넘겨버리는 사소한 순간들조차 그의 경험을 거치면 큰 감동으로 돌아오는 것 같아서 신기하기도 합니다.

제가 만난 조재선 작가는 평범한 것 같은 우리네 삶에서 다양한 맛과 멋을 찾아내 재치 있게, 해학적으로 풀어내는 능력이 탁월한 분입니다. 작가는 프롤로그에서 30년 전 설악산 공룡능선을 오른 게 인생의 중요

포인트 중 하나라고 소개하며, 가정이라는 산은 설악산보다 더 많은 봉우리를 가진 거친 산이라고 했습니다. 기쁨과 행복의 오르막을 오르다가 스트레스와 실패의 내리막을 경험하기도 한다는 것이죠.

아내, 아들과의 갈등이 힘들고 던져버리고 싶었던 지옥의 레이스였지만, 돌이켜보면 추억이고 행복이며, 멋진 절경이 됐다는 얘기는 많은 이의 공감을 얻을 것 같습니다.

작가는 자신은 물론이고 경험조차도 아름답게 꾸미지 않습니다. 수많은 실패담을 현장에서 중계하듯 쏟아냅니다. 그런 솔직한 삶의 고백이 독자를 위로하고 용기를 주며, 어떻게 하면 좋을지 알려주는 지침이 되지 않을까 하는 생각입니다.

그는 아내가 이 책의 주인공이며, 두 아들은 조연이라고 했는데, 그럼에도 '조재선의 글스토랑'은 단순한 가족 이야기는 아닙니다.

가정의 단맛, 신맛, 짠맛, 쓴맛, 감칠맛을 모두 느끼게 하는 인생의 요리책이라고나 할까요. 딱딱하지도 않고 훈계하지도 않으면서, 어떻게 살아야 할지, 어떻게 가족을 배려해야 하는지 알려주는 레시피 같은 책이죠.

이 책은 독자 여러분께도 깊은 감동을 선사할 것으로 믿습니다. 많은 분이 이 책을 통해 조금이라도 더 행복해지기를 바랍니다.

이임수
55보병사단장

가정은 축소된 세상이고, 세상은 확장된 가정이라고 생각해 온 나에게
『조재선의 글스토랑』은 가족과 함께하는 일상에서 얻을 수 있는 행복과
의미를 깊이 있게 관찰하고 탐구하여 세상 속에서 추구해야 할 가치와
목표를 다시금 일깨워 주는 작품입니다.

특히, 가정에서 일어나는 소소한 전쟁 같은 상황 속에서 가족이라는
작은 공동체가 어려움을 이겨내고 함께 성장하는 과정을 진솔하게
그려냄으로써 삶이라는 전투에서 승리하기 위해 필요한 지혜와 통찰을
제공합니다.

또한, 조재선 작가님의 이야기는 독자들에게 유머와 따뜻한 시선으로
가족의 소중함을 바라보고 느끼게 하며, 웃음과 감동을 주고, 우리가
사랑하는 사람들과 함께하는 순간들이 얼마나 소중한지를 깨닫게 합
니다.
『조재선의 글스토랑』은 나뿐만 아니라 모든 독자에게 가족과의 소중
한 순간들을 재발견하게 해주고, 인생의 진정한 행복을 찾는 여정에
큰 도움을 줄 것이라 확신합니다. 이 책이 보다 많은 이들에게 위로와
영감을 주었으면 좋겠습니다.

유진선

용인특례시의회 의장

용인시민 작가 조재선 님의 글은 가족이라는 울타리 안에서 우리가 느끼는 소소한 기쁨과 즐거움을 가벼운 터치로 부담없이 풀어낸 작품으로 가족간의 정과 그 안에서 싹트는 행복에 대해 생각해 보게 합니다.

평범한 일상의 에피소드는 누구나 공감할 수 있는 이야기로 저자는 가족과의 작은 웃음과 해학을 통해 독자에게 행복의 순간들을 선사합니다. 나아가 조재선 작가님의 글은 현대 사회가 직면한 저출산 문제 등 다양한 사회적 이슈에도 긍정적인 시너지 효과를 불러일으킬 것입니다.

『조재선의 글스토랑』은 우리 삶의 사소한 순간일지라도 가족 간의 정과 행복이 새겨지는 소중한 시간임을 말하며, 감칠맛 나는 이야기를 통해 우리 삶의 희로애락을 더욱 풍성하게 만들어 줄 것입니다.

이 책이 독자 여러분에게 잔잔한 미소를 선물하고 가족들과 함께 행복에 도달하는 이정표가 되기를 진심으로 응원합니다.

이철휘

전 제2작사령관 (예비역 육군 대장),
사) 긍정의힘 교육문화연구회 이사장

이 책은 단순한 유머와 해학을 넘어서, 우리 사회가 직면한 다양한 도전에 대한 용기와 희망을 담고 있습니다. 저는 오랜 군 생활을 통해 수많은 작전과 난관을 경험하며, 승리를 위해 중요한 것은 함께하는 이들과의 신뢰와 협력임을 배웠습니다.

조재선 작가님은 이 책을 통해 가족이라는 작은 부대가 어려운 상황에서도 서로에게 힘이 되어 주며, 위기를 기회로 바꾸어 가는 생생한 리더십을 보여줍니다. 기쁨과 슬픔, 성공과 실패의 순간들을 솔직하게 담아내며, 그 속에서 우리는 가족이 주는 힘과 위로를 다시금 느끼게 됩니다. 굳이 家和萬事成이란 말을 소환하지 않아도 그의 글에서 우리는 인생이라는 긴 여정에서 놓쳐서는 안 될 가족의 소중한 일상들을 발견하게 됩니다.

저는 조재선 작가님의 『조재선의 글스토랑』이 일상에서 미처 느끼지 못한 소중한 가치들을 재발견하게 해주는 '보물지도'라고 생각합니다. 이 책을 읽는 모든 분이 인생의 전장에서 승리를 위한 희망과 용기를 얻기를 바랍니다. 조재선 작가님의 작품이 많은 이들에게 울림과 감동을 전해주기를 진심으로 응원합니다.

유석윤

국민문화신문 대표,
용인특례시 기독교총연합회 회장

조재선 목사님은 오랜 세월 동안 기독교 신앙을 바탕으로 사람들을
섬기고, 지역 사회를 이끌어 오신 분입니다. 용인특례시기독교총연합
회 서기로 수고하고 계신 조 목사님의 글은 그의 따뜻한 인격과 날카
로운 통찰력을 잘 담아내고 있습니다.

위의 글은 단순한 일상 속에서 마주하는 이야기를 통해 인간의 본성
과 소통의 어려움을 유쾌하게 풀어내는 탁월한 이야기입니다. 그의
글은 독자에게 공감을 자아내고, 때로는 웃음을, 때로는 깊은 생각을
불러일으킵니다. 작은 일상에서도 큰 진리를 발견하는 능력은 조 목
사님의 글을 특별하게 만듭니다.
이 글을 통해 조 목사님이 가지신 지혜와 유머, 그리고 깊은 신앙이
잘 드러납니다. 그의 삶 속에서 묻어나는 진솔함과 사람을 향한 애정
이 녹아 있어, 독자들이 그 메시지를 쉽게 받아들일 수 있을 것입니다.

많은 이들이 『조재선의 글스토랑』으로 위로와 깨달음을 얻기를 바라
며, 앞으로도 목사님의 글이 더 많은 사람에게 읽히고, 메시지가 널리
전파되기를 기원합니다.

이한철

(주)창성종합건설,
더 숨 포레스트 대표

『조재선의 글스토랑』은 삶이라는 건축물을 세워가는 데 있어 우리가 놓쳐서는 안 될 기본과 본질을 다시금 일깨워 주는 책입니다. 가족과 함께하는 일상의 작은 순간들을 통해 저자는 진정한 행복이란 무엇인지에 대한 깊은 통찰을 제공합니다.

건설업에서 저는 수많은 프로젝트를 통해 하나의 건축물이 완성되기까지는 많은 노력과 협력이 필요하다는 것을 배웠습니다. 마찬가지로, 이 책은 가족이라는 가장 중요한 프로젝트에서의 협력과 사랑의 가치를 강조합니다. 작가의 유머와 통찰은 우리에게 소소한 일상에서 의미 있는 순간들을 발견하도록 도와줍니다.

『조재선의 글스토랑』은 각자의 삶을 더욱 풍성하게 만드는 지혜의 보고입니다. 독자 여러분이 이 책을 통해 가족과 함께하는 일상의 가치와 소중함을 다시금 깨닫고, 그 안에서 행복을 찾기를 바랍니다.

MENU

1부

어디 계시나요? 부귀영화 씨!

아빠란 자격증은 따셨나요?

불효자식의 효도

남편 흉보기 대회

포기를 허許하노라!

1부

어디 계시나요?
부귀영화 씨!

화성에서 온 남편,
금성에서 온 아내

설날을 앞둔 어느 날, 아내가 만두 속을 버무리며
싱거운 것 같으니, 소금을 넣으라는 어명을 하사합니다.

나 ~ "얼마만큼 넣을까?"
아내 ~ "알아서."

제가 다시 물었죠.
나 ~ "어느 정도?"
아내 ~ "적당히"

갸우뚱하며 또 물었습니다.
나 ~ "몇 숟가락 정도?"
아내바쁘다는 듯 - "대충!"

그래서 제가 제 기준으로 넣었죠.
그러자 아내가 펄쩍 뛰며 난리 칩니다.

조재선의 글스토랑

이렇게 많이 넣으면 어떻게 하느냐며,

그것 하나 제대로 못 하느냐며,

생각이 있느냐며,

아 정말.

아내는 외국어랍니다.
많은 남편이 아내를 잘 못 해석해요.

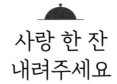

사랑 한 잔
내려주세요

약속된 시간이 바쁜데 아내가 커피를 내려 달라고 합니다.
'아 참, 바쁜데.'

저는 아내의 '아양'을 거절할 수 없었죠. 서둘러 물 끓이고, 부랴부랴
뚝딱 타서, 컵에 묻은 물기를 휴지로 닦아, 정성껏 대령해 드렸더니
아내께서 하시는 말씀.

"당신, 컵에 물 따르는 것이 성의 없었어."

들켰습니다.
얼른 커피 해결하고, 빨리 이곳을 빠져나가려는 저의 마음을.

조재선의 글스토랑

Comment

아내는 날씨와 같죠.
아내란 날씨는 맑음, 흐림, 눈, 비,
태풍, 더위, 추위 등으로 조화를 이룹니다.
일기예보를 정확히 맞추기 힘들듯이, 아내예보도
정확히 맞출 순 없지요.
맑다가 비가 오기도 하고 따뜻한가 싶더니
순식간에 소나기가 내리기도 합니다.
쌩쌩 태풍이 불다가 잔잔해지기도 합니다.
아내란 다양한 날씨 덕분에 우리 가정이라는 지구는
오늘도 태평성대를 이룹니다.

부관참시당하는
도전정신

제가 양구의 원당초등학교 4학년이었던 어느 날, 선생님은 우리에게 발표력 훈련을 시킨다며 각자 질문을 하라고 유도하셨지요. 국어책을 읽다가 모르는 단어가 나오면. "선생님, 몇 학년 몇 반, 몇 번 ○○○입니다. 국어책 몇 쪽 몇째 줄에 나오는 _____는 무슨 뜻입니까?"라며 질문하라고 하셨습니다. 친구들이 용감하게 하나, 둘씩 손을 들기 시작했어요. 선생님은 질문하는 친구 모두에게 칭찬을 아끼지 않으셨죠. 드디어, 저도 모르는 단어를 발견하여 발표력 발굴을 위한 첫 삽을 떴습니다. 역사적인 순간.
"선생님. 4학년 1반 ○○번 조재선입니다.
국어책 ○○쪽 ○줄에 있는 산마루란 뜻이 무엇입니까?"

덜덜 떨리는 목소리로, 침을 꿀꺽 삼키며,
처음으로 손을 들었고, 처음으로 일어섰고,
처음으로 질문했습니다. 선생님의 그 어떠한 반응을 기대하며. 그러나 선생님의 날카로운 금속성 외마디는 저의 기대를 부관참시하더군요.

"너~ 이놈, 조금 전에 김진주가 했던 질문인데,

그때 안 듣고 뭐 했어~
너~ 수업 시간 끝날 때까지 서 있어!"

그때 서 있던 시간이 왜 그리 더디 가는지. 앞에서 두 번째 줄에 앉아 있던 저의 뒤통수는 아이들이 쳐다본다는 생각에 어찌나 화끈거리던지 45년이 지난 지금까지도 생생합니다.

그 후부터 저는 한 번도 손을 든 적이 없었고,
한 번도 질문한 적도 없었고, 한 번도 발표한 적이 없었어요.

화질이 너무나 생생하게 보관된 그때의 화끈거림.
저의 머릿속에서 그렇게 오랫동안 상영되었건만 다른 필름처럼 낡을 기미도 보이지 않는 단어 산.마.루.

Comment

인생은 소화 기능이 건강해야 합니다.
수시로 먹어대는 스트레스, 염려, 좌절, 상처 등을
배설하는 소화 기능이

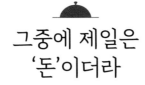

그중에 제일은
'돈'이더라

초등 2학년이었던 첫째가 동생7세에게 묻습니다.
"○○아 너는 돈과 명예와 사랑과 우정 중에
무엇이 제일 좋니?"
인정사정 볼 것 없이 바로 튀어나오는 둘째의 답
"나~ 돈"
첫째도 당연한 듯 뜻을 같이합니다.
"나도 돈인데"
그러자 옆에 있던 엄마도 한통속이 되더군요.
"나도 돈!"

온 가족이 하나가 되어 '돈, 돈'하는데, 그들에게 돈을 주지 못하는 이
'쪼오다' 가장은 씁쓸히 웃으며 공원으로 탈출해야 했습니다.

그런데 그때, 아내가 "나도 돈" 할 때,
하마터면 저도 따라 할 뻔했습니다.
"나도 돈!"

Comment

파리는 파리바게트로 돈을 벌고,
모기는 모기지론으로 돈을 벌고,
개미는 주식투자로 돈을 벌고,
벼룩은 벼룩시장으로 돈을 벌고,
빈대는 빈대떡으로 돈을 벌고,
벌레는 카페를 차려 대박 칩니다. 스타벅스
곤충들이 돈을 다 벌어가니 우리 인간들이 돈 벌기
정말 힘든 세상입니다.

곤충들을 스승님으로 모셔야겠습니다.

딸이여~

여러 일정으로 지쳐 집에 돌아오니
아내가 기다렸다는 듯 묻습니다.

아내 - "저녁 먹었어요?"   나- "으~"
아내 - "오늘 좋았어요?"   나- "으~"
아내 - "오늘 많이 모였나요?"   나- "으~"

그러면서 소파에 벌렁.
잠시 후 둘째 아들이 들어옵니다.
아내는 반색하며 맞이합니다.

아내 - "시험 잘 봤니?"   둘째- "네."
아내- "핸드폰 많이 하지 마."   둘째- "네."
아내- "또 나갈 거야?"   둘째- "네"

그러면서 화장실로 쏙.
마지막으로, 첫째 아들이 들어옵니다.
아내는 요리조리 묻습니다.

아내- "오늘 손님 많았어?"   첫째- "네"

아내- "새로 산 핸드폰 좋니?"   첫째- "네"

아내- "옷이 이게 뭐니, 좀 깨끗이 입어라." 첫째- "네"

그러곤 자기 방으로 들어가며 문을 쾅.

아내는 정말 재미없겠습니다.

저는 비몽사몽 꿈을 꿉니다.

이 사막 같은 가정에 오아시스 같은 딸이 하나 있으면 얼마나 좋을까

하는.

엉엉

정말 눈물 납니다.

Comment

가정이란 배는
덧셈, 뺄셈, 곱셈, 나눗셈이라는 돛으로 항해합니다.

생각은 못 말려

저녁을 빵빵하게 먹은 후
아내는 뱃살을 체포한다며 공원 트랙을 돌고,
저는 생각이 터질 것 같아
벤치에 앉아 생각을 달래고 있습니다.

아 생각이 제멋대로 날뜁니다.
생각은 저를 수갑 채워 과거 현재 미래,
그리고 4차원의 세계로 이곳저곳 들쑤시고 다닙니다.

철없는 개구쟁이 시절로 갔다가,
투명 인간이 되어 여기저기 기웃거리기도 하고,
국회의장이 되어 의사봉도 두들기고,
로또에 당첨되어 만세삼창도 하고,
여의도 광장에서 설교도 하고,
후회막심한 사건 현장으로 들어가기도 하고,

아, 누가 이 개구쟁이 생각을 길들일 수 있을까요.

조재선의 글스토랑

Comment

한국 청년이 2024년이란 사막을 횡단하는데 청년실업이란 맹수가 미친 듯이 추격해 옵니다. 살아야겠다는 신념으로 온 힘을 다해 달리는데, 깊은 우물 하나를 발견합니다.

그 우물가는 굵은 칡넝쿨이 물속으로 늘어져 있습니다. '살았구나' 생각한 청년은 그 칡넝쿨을 타고 아래로 내려가는데, 우물 바닥에는 '결혼, 출산, 양육 부담'이라는 큰 구렁이가 입을 벌리고 있습니다. 다시 올라가고 싶었지만, 우물 밖에는 맹수가 입을 벌리고 있고, 아래는 구렁이가 혀를 날름거립니다. 그때 '빈곤, 신용불량'이란 쥐 두 마리가 청년이 매달려 있는 칡넝쿨을 갉아먹습니다. 그야말로 진퇴유곡 상황.

그때 칡넝쿨 줄기에 매달린 벌집으로부터 '청년 지원금'이란 몇 방울의 꿀물이 입으로 떨어져 내립니다. 허기진 청년은 그 꿀물을 허겁지겁 받아먹습니다.

청년들이 희망을 지니고 성큼성큼 달려 나가는 그런 나라를 희망해 봅니다.

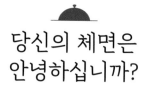

당신의 체면은
안녕하십니까?

대형 마트에서 낯익은 엄마와 딸이 다투고 있는데,

가만 보니 같은 동에 살고, 엘리베이터에서 자주 마주치는 모녀母女였

지요. 아주 다정한 모녀였는데,

그날 무슨 일이 있었나 봅니다.

저는 그녀들이 민망할까봐 모른 척하며 멀찌감치 돌아갔습니다.

저 정말 현명하죠?

오늘도 얼마나 많은 이들이 저를 모른 척을 했을까요.

체면 깎아 먹을 말투,

때로는 방정맞은 품행,

운전 중에 얄미운 차선 변경 등, 여러 가지 허물이 보였을 텐데,

제가 민망할까봐 멀찌감치 에둘러 갔겠지요.

저는 오늘도 많은 현명한 분들 덕분에 체면 유지하며 삽니다.

조재선의 글스토랑

Comment

2016년 8월 7일, 허리둘레가 36을 넘어섰습니다. 저는 뱃살에 선전포고를 한 후, 식사량을 반으로 줄였지요. 저녁은 먹는 둥 마는 둥 하면서요.
저는 의기양양했습니다.
　　"너 뱃살이여, 어디 당해봐라~흐흐"

그랬더니 며칠 후에 별이 보이고, 지구가 빙빙 돌며, 토할 것 같은 증상이 나기 시작하더군요. 뱃살이 반격에 나선 것이 분명합니다. 어쩔 수 없이 저는 뱃살님에게 항복을 선언하며, 밤마다 뱃살님에게 조공을 바칠 것을 약속한 후 전쟁은 종료되었습니다.

　　"나는 자랑스러운 뱃살님 앞에
　　　햄버거, 피자, 기름진 것 등을 먹으며
　　　충성을 다할 것을 굳게 다짐합니다."

아들 vs 마라도나

첫째 아들은 축구 천재였습니다. 우리 부부의 기대를 듬뿍 받고 태어
난 아들은 축구공을 보자마자 뻥뻥 차며 한국 축구의 미래를 비추었
습니다.

아들이 축구 도사임을 인지한 저는,
아들이 아장아장 걸을 때부터 항상 축구공을 건넸습니다.
얼마나 요리조리 잘 차는지 펠레, 마라도나, 호나우두가 그 광경을 보
면 기절 삼중창을 했을 것입니다.
'비록 초등학교는 가까운 곳에 보내지만,
중학교부터는 축구부 있는 명문 학교로 보내리라.'

용인 ○○초등학교 1학년 어느 날,
드디어 때가 왔습니다.
아들의 실력이 세상에 드러날 역사적인 날.
옆 학교랑 1학년 축구 시합을 하는데 선수를 뽑는다는 것입니다.

"드디어 때가 왔도다.
아들은 스트라이커로 축구장을 누비리라!"

아들은 좋은 축구화가 필요하다고 해서 나이키 축구화 중 가장 비싼 것을 골랐고, 멋진 옷을 입혔고, 한우 A+++를 먹이면서 우리 부부는 그날만을 손꼽아 기다렸습니다.

드디어 결전의 날,
저는 위풍당당하게 선생님을 찾아가 인사를 했죠. 아들이 축구 잘하느냐는 질문에 선생님은 짤막하게 대답하더군요.
"예 잘합니다."

드디어 휘슬이 울려 퍼졌습니다.
그런데 최전방의 스트라이커로 운동장을 지배해야 할 아들이 골키퍼 앞에 있는 것이 아닙니까. 그때 골키퍼 주위에 있다는 것은 개 다리들만 있어야 하는 곳인데요.
'음, 전반전에는 아들의 체력 안배를 위해
후방에 배치하는 선생님의 용병술이 뛰어나군.'

드디어 아들에게도 공이 왔습니다. 감히 아들 앞으로 공을 몰고 오는 겁대가리 없는 상대 팀의 공격수, 저는 킥킥 웃었죠.
얼마나 우! 끼! 던! 지!
'너, 아들한테 걸리면 끝이다.'
아들 앞에 축구공님이 오시자, 저는 두 손을 높이 들었습니다.
아들은 예상대로 공을 힘껏 찼습니다. 멀리멀리

"♬푸른 바다 저 멀리 새 희망이 넘실거린다~

하늘 높이 하늘 높이~ ♬"

그런데, 우째 이런 일이

멀리멀리 날아간 것은 공이 아니라 아들의 비싼 나이키 축구화였습니다. 축구화는 멀리 날았고, 공은 뒤로 빠지며 골인.

관중들은 자지러지며 환호합니다.

망연자실.

아들은 바로 개 다리였습니다.

"어떻게 이런 개 다리가."

그는 하늘에서 내려온 개 다리였습니다.

천상천하 유아독존 개 다리.

아들은 족보 있는, 개 다리였습니다. 아빠의 뒤를 잇는.

그날 뻥 축구의 진수를 보여주었던 아들은 수훈갑이 되었습니다. 상대팀의.

허세 박살

저녁 부부 모임에 눈이 휘둥그레지는 뷔페가 나왔는데,
아내는 뱃살을 잡는다는 사명을 가지고, 김유신이 자기 말 머리를 베는 심정으로 음식을 조금만 먹더군요.

저는 아내의 결단 앞에, 그 눈물겨운 광경을 지켜보며 힘껏 응원했지요. 모임의 다른 뱃살 공주들도 아내의 결단에 감탄하며 환호를 보냅니다. 대단하다며.

그날 밤 정확히 11시 12분, 둘째가 치킨을 시켰는데 아내가 달려들더니 더 많이 먹더군요. 치킨이 이렇게 맛있는 줄 몰랐다며.

퀴즈.
그러더니 어떻게 됐을까요?

배를 두들기며 한탄합니다.
　"내가 미쳤지, 내가 미쳤지."

Comment

다이어트

이환천

살뺀다고
마음먹고

후식으로
치킨먹고

어디 계시나요?
부귀영화 씨!

결혼기념일 날,

우리 부부는 '가뭄에 콩 나듯'하는 극장 나들이를 감행했습니다.

영화에 무식 충만한 우리는

낭창낭창한 아가씨_{직원}의 유혹에 넘어가 예매율 1위 "악당"_{가명}이라는

영화를 보게 됐지요.

"으악"

영화는 말 그대로 악당이더군요. 찌르고, 두드려 패고, 죽이고,

이럴 줄 알았으면 아들한테 영화 소개받고 올걸,

모처럼 행한 극장 나들이는 "악당"이 되고 말았답니다.

영화가 끝난 후. 아내는 불만을 주렁주렁 매달고, 다음엔 좋은 영화를

선택하라고 한마디 합니다.

저도 지지 않았죠.

"당신이 보자고 했잖아, 예매율 1위라며"

저는 버럭 소리를 질렀답니다.가 아니었습니다.

저는 미소를 머금고 소곤소곤 약속했습니다.

다음엔 내가 직접 영화를 만들어 주겠노라고,

무슨 말이냐며 바라보는 아내에게

살짝 뜸을 들인 후 말했죠.

"부귀영화"

저의 완벽한 한마디에 아내는 두 손 들고 항복,

P.S

'부귀영화'를 어떻게 제작하나요?

어서 스필버그 감독을 만나야겠습니다.

Comment

레시피 가운데
가장 아름다우면서도 또한, 실패하기 쉬운 레시피는 부부관계
레시피입니다.

스타크래프트

저는 조재선 스타크래프트의 게이머gamer랍니다.

저의 인생이란 게임판에는 많은 적이 수시로 침공해 들어옵니다. 불평, 스트레스, 절망, 염려, 질병, 실패 등등이

저는 그들을 물리치기 위해 감사, 사랑, 기쁨, 비전 등의 종족들을 출전시켜 맞서고 있습니다.

나이 50이 되도록 많은 전장을 누비며 잔뼈가 굵어졌지만,

저의 능력만큼 적들의 능력도 향상되더군요.

적들이 기습공격으로 내 인생 판을 황폐하게도 짓밟기도 하고,

어떤 때는 아군들이 승리 축제를 벌이기도 합니다.

저는 조금도 틈을 놓을 수 없습니다. 적들이 우는 사자같이 저의 빈틈을 노리니까요. 저는 오늘도 스타크래프트를 지휘하는 게이머처럼, 조종간에서 손을 떼지 못하고 있습니다.

Comment

모든 날 것은 자기 날개만큼 하늘을 날아다닙니다.
독수리 날개는 저 높은 창공 위를,
나비 날개는 야트막한 동산만큼을,
....
날 것은 자기 날개 사이즈만큼 비상하지요.

옷은 날개랍니다.
사람들은 자기 날개만큼 날아가죠.
운동복이란 날개를 입으면 운동장으로,
등산복이란 날개를 달면 산으로 우리를 실어 나릅니다.
....
사람들은 자기 날개만큼 활동 범위가 정해지죠.
그러나 옷보다 더 중요한 날개는 마음의 날개랍니다.
마음에 어떤 날개가 달렸느냐에 따라 항로가 결정됩니다.

운동의 날개가 달렸다면 운동장으로,
쇼핑의 날개가 달렸다면 백화점으로,
은혜의 날개가 달렸다면 교회로.

잔인한 영어 정신

중학교 때 시도하다 포기

고등학교 때 시도하다 포기

대학교 때 시도하다 포기

대학원 때 시도하다 포기

30대 때 시도하다 포기

40대 때 또 시도하다 포기

50을 앞두고 다시 영어를 시도합니다.

영어 성경으로

"영어야, 너 도대체 뭐니"

돈께 충성

돈은 사람들의 神신입니다. 우리 인간들은 보스이신 '돈money'께 충성합니다.

우리 인간은 '뒤웅박' 팔자죠. 돈을 얼마나 가졌느냐에 따라 뒤바뀌는. 내가 집을 선택할 때도 먼저 나의 神인 '돈'의 허락을 받아야 합니다. 하루를 계획할 때도, 점심 한 끼 해결하는 것도, 내 주인이신 돈神의 결제가 우선이죠. 우리는 각각, 자기 주인인 돈神의 울타리한도를 벗어나지 못합니다. 울타리를 벗어나면 내 주인의 채찍이 요란을 떱니다. 전화 재촉, 신용 하락, 신용불량 등으로. 그분은 인정사정없습니다. 얄짤 없죠.

사람들 모두는 각자의 神돈을 모시고 삽니다. 그렇기에 우리는 얼마나 능력 있는 神돈을 만나느냐에 따라 지위와 빈부가 결정되죠. 어떤 이는 1억 원 한도의 神돈을. 2억 원 한도의 神을. 수백억 한도의 神을. 어떤 이는 마이너스 한도의 神을.

그중에는 삯꾼 神돈도 있어요. 이른바 '지름신'입니다. 능력은 쥐뿔도 없는 주제에 펑펑 선심 쓰죠. 집값도 오를 것이니 일단 '지르고' 보라며 부추깁니다. 핑크빛 세상을 보여주며 먹고, 입고, 놀고, 쇼핑하고, 고가 제품은 할부 티켓을 주며 맘껏 '지르라' 으스댑니다. 그러다가 문제가 생기면 삯꾼 神은 나 몰라라 하며 뒷짐만 지고 있습니다.

그래서 많은 이들이 '의리 삐리'한 마이너리그 神돈을 버리고, 능력 있는 메이저리그 神돈으로 바꾸기를 원하지만, 나의 주인을 바꾼다는 것은 개천에서 용 나는 것과 같이 희귀합니다. 왜냐면 요즘 개천은 오염되어 용이 날 수 없기 때문이죠.

인간은 돈神을 위해서라면 무엇이든 합니다. 하루 12시간의 중노동도 기쁨으로 하고, 사기도 치고, 죽이기도 하고, 죽기도 하죠.

우리는 그분께 온갖 충성을 다합니다. 이 세상에 벌어지고 있는 일들을 보세요. 대부분 그분께 충성하고자 하는 사람들의 충성 경쟁에서 생기는 것임을.

Comment

"돈이나 물건에 주인이 있을까?"
"아니 수시로 바뀌지!"

-소설 『창문 넘어 도망친 100세 노인』에서

칼의 노래를 읽고

2016년이 하직 인사를 하는 12월 끄트머리에서 칼의 노래김훈, 저를 읽었습니다. 세 번째랍니다. 지난번의 감동을 길어 올리고 싶어서요.

칼이 부르는 노래는 우렁찼죠.
억울하게 누명 쓰고 옥에 갇히는 불협화음부터, 12척으로 330여 척의 배를 고꾸라트리는 클라이맥스는 마치 저를 그 현장으로 데려간 것처럼 스펙타클 했습니다.

칼의 노래에서 '노래'는 울부짖음입니다. 그 노래는 이순신의 울부짖음이기도 하고 장수들의 울부짖음이기도 하고 백성들의 울부짖음이기도 하고 그 시대의 울부짖음이기도 했습니다. 그래서 그 노래는 절규와도 같았습니다. 그들의 피와 땀은 우리 대한민국의 든든한 기초가 되었습니다.

'한국문학에 벼락처럼 쏟아진 축복'이라는 책날개에 붙은 수식어는 <칼의 노래>를 꾸미는 말로 한동안 계속 붙어 다녀야 할 것 같습니다.

조재선의 글스토랑

Comment

2005년 6월 용인시 기흥구 지역의 목회자들로 구성된 독서 모임이 만들어졌습니다. 다섯 명으로 시작해 여덟 명까지 호황을 누렸습니다. 매주 월요일 오전 7시에 모여 신간, 인문 고전 등 다양한 분야의 책을 읽고 독후감을 발표하며 12년을 이어 왔는데 코로나로 해체되었습니다. 그러곤 다시 모일 엄두를 못 냅니다. 모두가 하는 소리, 책 읽을 시간과 여유가 없다고 합니다.

호황을 누리던 서점가를 필마로 돌아드니,
책들은 의구하되 인걸은 간데 없네.
어즈버 태평연월이 꿈이런가 하노라

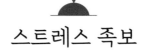

스트레스 족보

절망과 패배의 자손 스트레스의 세계라.

스트레스는 不불과 결혼하여~

불쾌, 불편, 불평, 불만, 불량, 불결, 불경, 불길, 불방, 불순, 불신, 불화,

불안, 불운, 불의, 불행, 불효, 불합격, 불쌍함을 낳고

그 외, 불여우를 낳았더니, 그녀는 시대의 꽃뱀이었더라.

불쾌는 敗패와 결혼하여~

깡패, 낭패, 대패, 몰패, 실패, 싸움패, 완패, 전패를 낳고

사생아로 조폭을 낳았더니, 그는 자기 부모를 두들겨 패더라.

깡패는 苦고와 결혼하여~

고난, 고단, 고달픔, 고생, 고장, 고초, 고충, 고통, 곤란을 낳고

그 외, 고자를 낳았더니, 고자는 미성년자 관람 불가였더라.

고난은 비와 결혼하여~

비굴, 비겁, 비관, 비극, 비애, 비열, 비운, 비탄, 비통을 낳고

늘그막에 비리비리를 낳았더니 그의 삶이 비리비리하였더라.

그 외, 자손들을 살펴보니

한심, 빈궁, 노근, 궁기, 황당, 탈락, 염려, 알력, 용렬, 졸렬, 실례, 나른,
신물, 궁색, 낭설, 애수, 재앙, 빈약, 쇠약, 증오, 혐오, 액운, 전율, 물음,
전쟁, 수절, 문제, 싫증, 통증, 거짓, 지침, 도탄, 가해, 애통, 쇠퇴, 더티,
딱함, 교활, 암흑, 사고, 형극, 가난, 체념, 건달, 악당, 갈등, 놀람, 가련,
시련, 결례, 실망, 원망, 절망, 마비, 간사, 염세, 상심, 장애, 싸움, 분쟁,
좌절, 투정, 다툼, 공포, 피곤, 피난, 피로, 피로, 피폐, 피해, 의문, 의심,
의아, 의혹, 미궁, 미움, 미숙, 부담, 부채, 병란, 혼란, 환란, 하품, 슬픔,
아픔, 근심, 수심, 무식 등이 시대를 어둠으로 물들였더라.

그 외 사생아로
넌더리, 진절머리, 몸서리, 진저리, 무뢰한, 무자비, 무지, 화,
무지몽매, 일자무식, 몰상식, 부조화, 메스꺼움, 어려움, 괴로움,
설움, 늘어짐, 악, 병, 모자람, 좀스런, 혐오감, 후줄근, 가시밭길, 넋두
리, 쓰라림, 탈, 가여움, 가련한 등이 영광스런 족보에
이름을 올렸더라.

스트레스 자손 중 가장 존귀한 자손은 '왕따'와 '멘붕멘탈붕괴'이니, 그
들은 시대의 '빵셔틀'이었더라.

감사족보

성공과 축복의 자손 감사의 세계라.

감사는 力력과 결혼하여

활력을 낳Go~

체력을 낳Go~

기력을 낳Go~

박력, 정력, 강력, 실력, 담력을 낳Go~ ♬

늘그막에 지구력을 낳았으니,

지구력은 지구를 지키는 힘이었더라!

활력은 부인 快쾌에게서 그의 능력을 발휘하니

쾌식, 쾌변, 쾌면, 쾌유, 쾌청, 쾌지나칭칭나네를 낳Go~

상쾌, 통쾌, 유쾌를 낳Go~

쾌식이 勝승과 결혼하였더니

승자, 승진, 승전, 승소, 승리, 낙승, 전승, 대박, 대승을 낳Go~

감사의 자손은 싱글벙글 뻗어나갔Go~

즐거움, 사랑, 화평, 자비, 자신감, 웃음, 기쁨, 만족, 확신, 비전, 담대

함, 소망, 정직, 안심, 안정 등이 빛을 보았Go~

낙, 복, 부, 운, 참, 진, 선, 미 등 딸들은 그녀의 미모를 뽐냈는데, 진 선 미는 시대의 미스코리아였더라.

그 외 자손은 다음과 같았더라.
실력, 능력, 기력, 강력, 권력, 근력, 담력, 박력, 세력, 완력, 정력, 정력, 체력, 활력, 활력, 생기, 용기, 원기, 정기, 활기, 낙승, 대승, 완승, 전승, 소신, 자신, 정신, 확신, 만족, 충족, 흡족, 경쾌, 상쾌, 유쾌, 통쾌, 쾌락, 쾌면, 쾌변, 쾌식, 쾌청, 순결, 정결, 청결, 낙관, 신념, 장담, 기대, 희락, 사랑, 용맹, 숙면, 화목, 재미, 대박, 행복, 자부, 포부, 충분, 자비, 넉살, 실상, 입선, 달성, 풍성, 출세, 완수, 유식, 사실, 진실, 야심, 위안, 연애, 자애, 친애, 행운, 소원, 풍유, 인자, 비전, 급제, 솔직, 정직, 화창, 낙천, 대첩, 선량, 역량, 우량, 소망, 야망, 희망, 배짱, 배포, 뱃심, 안도, 안심, 안온, 안전, 안정, 승계, 승자, 승진, 평안, 평온, 평형, 평화, 다행, 진가, 합격, 성공, 통과, 영전, 성취, 하트, 대파, 적합, 화합, 진리, 화평, 편리, 요행, 실현, 즐거움, 에너지, 활력소, 원동력, 아가페, 담대함, 추진력, 활동력, 지구력, 대승리, 깡다구, 자신감, 대자대비, 박학다식, 희희낙락, 싱글벙글, 뛰뛰빵빵, 앗사리요 등이 스트레스 자손과 맞짱 떴고.

감사의 자손 중 가장 존귀한 자손은 믿음과 소망과 사랑이니
그중에 제일은 사랑이더라.

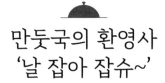

만둣국의 환영사
'날 잡아 잡슈~'

제게 가장 맛있게 먹은 음식이 무엇이냐고 물으신다면, 언제나 준비된 모범정답이 있답니다. 초등학교 5학년 어느 날에 먹었던 만둣국이라고. 그해 겨울방학 어느 날. 우리 조무래기들은 총싸움의 늪에서 오후 늦게까지 허우적거렸고, 뱃속에서 배고프다는 데모 소리를 듣고서야 각자 집으로 향했습니다. 집에 뛰어 들어가 밥 달라는 아우성에 엄마는
"지금~ 바쁘니까. 부엌에 가서 차려 먹어라~
냄비에 만둣국이 있으니까"

헐레벌떡 부엌에 들어가 냄비 뚜껑을 개봉하니, 다 풀어져 형태를 알 수 없는 미지근한 만둣국이 '날 잡아 잡슈' 하며 환영합니다. 게 눈 감추듯 정신없이 먹어댔던 만둣국을 한마디로 정의하겠습니다. 최고! 제 생애 최고의 맛은 그렇게 태어났습니다.

이제까지 다양한 음식과 여러 맛집을 다녀 봤지만, 그때의 맛에는 다가갈 수 없었습니다.
아직도 생생하게 살아 되새김질 거리는 만둣국. 다시 한 번만이라도 그 맛을 경험하고 싶은데 그 맛은 너무 먼 당신이 되어 버렸답니다.

Comment

배고픔은 맛을 창조하는 마에스트로입니다.
이 배고픔은 단맛 쓴맛 신맛 짠맛 감칠맛을 지휘하여 다양한
맛을 연주합니다.
배고픔이라는 지휘자가 등장하지 않으면 일류 요리사가 만들
어 낸 요리도 단맛 쓴맛 신맛 짠맛들이 제각각 따로 노니 맛
이 없습니다. 토가 나옵니다.
배고픔은 맛을 지휘하는 최고의 마에스트로입니다.

피리 부는
특별할인

2016년 어느 날 ○○○마트 옆을 지나가는데, 아내가 정말 좋은 마트라며, 특히 딸기를 싱싱함+저렴하게 판매하니 잠깐 들리자며 저를 데려갑니다.
우리는 딸기 두 상자만 사려고 그곳에 들어갔습니다.

단지 딸기 두 상자만 사기로 굳게 언약 맺었지만, 세상사가 그렇게 호락호락하지는 않더군요. 매장에 들어서니 주말 특별할인으로 북적북적한데 정말 저렴합니다.
거기에 회원가입 하니 5천 원 상품권은 덤.

우리 부부의 눈은 핑핑 돌아갔죠.
여기저기에서,
특별할인 코너에서,
우리는 경쟁하듯 이것저것 집어 들며 카트를 부흥시켰답니다.
나중에 계산하니, 다들 아시겠죠.
정작 그 미끼인 딸기는 애당초 보지도 못했고, 엉뚱한 놈들로 카트는 비명을 질러야 했습니다.

조재선의 글스토랑

그날 우리는 대형 ○○○마트의 미끼에, 제대로 걸려들어 그들의 호구 노릇을 톡톡히 했습니다.

사람들이 우르르 몰려가면
뭔가 있는가 하여 우리 부부도 우르르,
앞에서 사면 좋아 보이니 나도 사고,
내가 사니 뒤에서 갈등하던 아저씨도 사고,
우리는 전혀 모르는 사람끼리 팀워크를 이뤄가며 ○○○마트에 충성을 다했습니다.

우리와 호구들이 만들어 낸 '우르르'를 보고 또 다른 아줌마가 합세하고, '우르르'는 '우르르'를 낳고, 전혀 알지 못하는 우리는 그날 대형○○○마트의 미끼에 제대로 물려 빵셔틀이 되셨답니다.

Comment

인생은
맛난 것만 골라 먹을 수 있는 뷔페가 아니라 맛난 것을 먹기 위해
원치 않는 것도 함께 곁들어야 하는 세트 메뉴입니다.

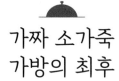

가짜 소가죽
가방의 최후

2주 만에 쓰레기 행 급행열차로 보낸 가짜 소가죽 가방이여.

너와 첫 만남은 고속도로 휴게소였지,

진짜 소가죽이라며 침 튀기는 낭창낭창한 아가씨한테,

"소가죽이 왜 이렇게 싸죠?"

라는 나의 질문에,

어쩌면 그렇게 진짜라고 시치미를 떼던지,

시치미 떼기 국가대표선수 같더구나.

정말 천사 같은, 정직한 여성 같았는데,

너 또한 진열장에선 진한 화장발로 나를 속이더니,

비 한 번 맞더니 바로 본색을 드러내더군,

그렇게 삐까뻔쩍, 빳빳했던 네가 그 조그만 비 몇 방울에 쭈글쭈글해

지며, 어깨끈이 툭 끊어지는 그 광경은 하늘이 무너지는 아픔이었지.

너를 사랑하는 맘 변치 않아 구두 수선집에 가져갔더니 구두병원 원

장님께서 나를 빤히 쳐다보더군, 이런 것을 왜 가져왔냐고! 다섯 번밖

에 사용하지 못했지만 나는 너를 보낼 수밖에 없구나.

조재선의 글스토랑

너는 가짜였지만 그렇게 명품 소가죽이 되기를 원했으니,

너를 가죽 버리는 곳으로 보내줄게.

잘 가거라! 나의 친구여.

Comment

웃음은
병든 세포를 건강으로 싣고 가는 퀵 서비스랍니다.

상상광땡

이 세상에서 가장 강력한 창을 소개합니다.

그 창은 생각의 창입니다.

이 창은 세상에서 못 뚫는 게 없지요. 만리장성도, 미국 CIA의 견고한 시스템도, 아름답고 고고한 아가씨의 마음도 쉽게 뚫습니다.

참 또 하나, 가장 강력한 방패도 소개하죠.

그 방패는 생각의 방패랍니다. 이 생각의 방패로 말할 것 같으면 무엇이든 막아내죠. 수소폭탄도, 북한 해커의 해킹도, 변학도의 권력과 물량 공세도 막아냅니다.

그렇다면,

이 창과 방패가 승부를 걸면 누가 이길까요.

승리자는

그대의 상상력이랍니다.

Comment

강한 포켓몬, 약한 포켓몬, 그런 건 사람이 멋대로 정한 것.

-포켓 몬스터

조재선의 글스토랑

2부

아빠란 자격증은 따셨나요?

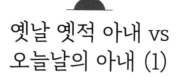

옛날 옛적 아내 vs
오늘날의 아내 (1)

나들이 갈 때 옛날 옛적 아내는~

아기를 등에 업고

머리에는 한 보따리를 이고

손에도 커다란 짐을 들고 갔지요.

남편께서는 '에헴' 헛기침하며 뒷짐 지며 길을 갑니다.

나들이 갈 때 오늘날 아내는~

남편이 아기를 가슴에 앉히고

양손에 큰 짐을 들고 힘겹게 자동차로 이동합니다.

뒤에 아내께서는 달랑 차 키 하나를 손가락으로 돌리며 흥얼흥얼 따라오지요.

2022년 5월 9일 오전 10시 22분 베란다에서, 주차장으로 가는 어느 가족을 바라보며.

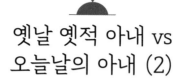

옛날 옛적 아내 vs
오늘날의 아내 (2)

부부 동반으로 외출할 때 옛날 옛적 아내는~

남편께서는 신문 보고 계시고

아내는 일찍 일어나 밥하고, 청소하고,

아이들 깨워 이것저것 챙겨주고,

일찍 나가는 아들 먼저 밥 차려주고,

남편 밥 차려드리고, 남편 옷 다려드리고,

정말 바쁘게 움직였답니다.

요즘엔, 부부 동반으로 외출할 때 남편은

일찍 일어나

학교 가는 아이들 깨워 콘푸로스트 먹이고,

청소기 돌리고, 옷 다리고, 자동차 청소하고,

김밥 사 오고, 정말 바쁘게 움직입니다.

그러는 동안 아내께서는 화장하고, 패션쇼 하며, 끊임없이 남편에게

묻습니다.

"여보, 이 옷 어때요?

이렇게 하고 갈까?

이건 어때?"

Comment

오늘 우리 부부는 새벽부터 늦게까지 살인 스케줄로 눈코 뜰 새
없이 바쁩니다.

그런데 아내는 룰루랄라 합니다.
밥을 한 끼도 안 한다며 얼마나 좋아하는지.

고난 오디세이

둘째가 6살 때, 치과 앞에서 발버둥 치며 울더군요. 저는 떼쓰는 아들을 낚아채 2층 치과로 향했습니다. 치과 앞에서 대성통곡하는 아들 엉덩이를 두들기며 치과의 치료 의자에 앉힙니다. 간호사는 마취 주사를 위로 향하며 공기를 뺍니다.

경악~

닭똥 같은 눈물을 흘리는 아들을 보니 안쓰러워 보였지만, 어찌 그리 귀엽고 사랑스러운지요.

하나님께서는 때로 치과에 저를 데려가십니다.

고난의 치과, 연단의 치과로~

저는 그 치과 앞에서 발버둥 치며 웁니다. 하나님께서는 떼쓰는 저를 낚아채 치과로 향하십니다. 그리고 치과 앞에서 대성통곡하는 저의 엉덩이를 두들기며 치과의 치료 의자에 앉힙니다. 환란은 마취 주사를 위로 향하며 공기를 뺍니다. 경악~

닭똥 같은 눈물을 흘리는 저를 보며 하나님은 안타까워하시겠지만, 얼마나 사랑스럽게 바라보실까요. 하나님께서는 얼마나 저를 귀여워하실까요.

Comment

똑.똑.똑.

"누구세요?"

"예, 저는 정금입니다."

"어머 어머, 어서 오세요.호들갑을 떨며

이런 행복이….

기다렸답니다.

 그런데 어떻게 저를 찾아오셨죠?"

······

·······

"고난연단, 단련이 보냈습니다."

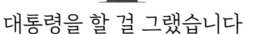

대통령을 할 걸 그랬습니다

학교 들어가기 전, 제가 여섯 살 때로 기억합니다. 옆집 사는 친구와
매일 놀았는데, 우리는 자주 다퉜습니다. 서로 대통령을 한다며

"야, 내가 대통령 할 거야!"
"안 돼, 내가 대통령 할 거야,
너는 군인교회 목사나 돼"

우리는 서로 대통령을 할 것이라며 다투었고, "너는 군인교회 목사나
돼"라며 항상 상대방을 군인교회 목사로 몰았습니다.
지역이 군부대로 둘러 있었기에 아마도 군인교회 목사님과 왕래가 있
었던 것으로 추측합니다. 저는 누구에게든, 싸움·협상하면 대부분 밀립
니다. 그때 그 아이는 대부분 대통령을 했고 저는 군인교회 목사를 해
야 했습니다.

그로부터 40년이 흐른 어느 날 보니,
저는 어린 시절 놀이대로 정말 군인교회 목사가 되어있었습니다.

Comment

"절벽 가까이로 나를 부르셔서 다가갔습니다.
절벽 끝에 더 가까이 오라고 하셔서 더 가까이 다가갔습니다.
그랬더니 절벽에 겨우 발을 붙이고 서 있는 나를 절벽 아래로
밀어 버리시는 것이었습니다.
물론 나는 그 절벽 아래로 떨어졌습니다.
그런데 나는 그때서야 비로소 알았습니다.
내가 날 수 있다는 사실을…. "

- 로버트 슐러 Robert Schuller

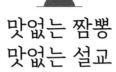

맛없는 짬뽕
맛없는 설교

언제 : 1982년 고등학교 2학년 어느 날,

어디서 : 강원도 홍천 터미널에서

왜 : 배가 고파서

무엇을 먹을까, 터미널을 어슬렁대는데 어떤 아줌마가 짬뽕 맛이 '기가 막히다!'라며 저를 체포해 자기네 중국집으로 안내합니다. 잠시 후 짬뽕이 나왔는데, 정말 아줌마 말대로 기가 막히더군요. 어찌 그리 맛없는 짬뽕님이 왕림하셨는지, 해물들은 모두 탈출했고, 면은 퉁퉁 불었고, 국물은 바다 같이 짜고. 그 혈기 왕성 + 배가 고픈 저도 다 먹을 수가 없었답니다. 짬뽕값 700원을 내고 나와, 역시 문밖에서 어설픈 =배고픈 사람들을 낚고 있는 아줌마에게 한 성질을 부렸습니다. "아줌마! 이걸 먹으라고 파는 거예요?"

소리를 지르고 잠시 후에 그 아줌마를 보았는데, 더 이상 호객 행위를 못 하더라고요. 어깨를 축 늘어뜨린 채로.

40년이 지난 지금까지도 그 아줌마의 모습이 아른거립니다.

2016년 7월 10일 오전 10시, 저는 오늘 맛없는 설교를 했습니다. 장병들은 졸고, 떠들고, 예배가 끝난 후 한 장병이 '목사님, 그것도 설교라고 하는 거예요?'라고 외치는 것 같았습니다.

저는 이상하게도 가끔 그 아줌마네 짬뽕이 생각납니다.
"아줌마 그때 미안했어요.
저도 요즘
옛날 아줌마네 중국집에서 팔던 짬뽕 같은 설교를
종종 만든답니다."

Comment

세월이란 열차를 타고
아픔, 실연, 실패는 떠나갑니다.

유머의 악당

사단장님을 비롯해 군 간부들에게 강의하러 나가는 날,
아침을 먹으며 물었습니다.

"어떻게 하면 장교들에게 좋은 인상을 심어줄 수 있을까?"
그러자 옆에 있던 둘째가 당연한 듯 말합니다.

"아빠! 썰렁 유머만 안 하면 돼요."
아들은 제가 군부대에 강의 나갈 때마다 항상 걱정입니다. 그렇게 썰
렁한 유머를 하다 군인들에게 맞는 건 아닌지.

Comment

아, 어쩌면 좋습니까.
우리 대한민국에 웃음이 바닥을 드러내기 시작했습니다.
가만히 놔두면 유머가 영양실조로 굶어 죽을지도 모릅니다.
정부는 속히 '웃음'에게 재난 지원금을 책정해서
유머에게 희망을 주길 강력히 요청하는 바입니다.

조재선의 글스토랑

개그여 잘 있거라!

몇몇 지인과 제주도에 있는 식당에서 메뉴를 고르고 있었지요.

대 45,000 / 중 30,000 / 소 20,000

라고 메뉴가 있기에 저의 아재 개그가 발동 걸렸죠.
"여기 제주도에는 소가 엄청 저렴하네요. 소가 2만 원~"
했더니 완전 썰렁
사람 웃기는 것 정말 힘들어요. 휴~

P.S 가족은 저에게 아재 개그 금지 법안을 공포했습니다.
정말 공포스럽습니다.

Comment

저는 한때 코디미언 지망생이었습니다.
남 웃기는 것이 행복했습니다.
세상을 웃기고 싶었습니다. 가족을 웃기고, 주변을 웃기고, 시간을 웃기고, 미래를 웃기고, 개미도 웃기고 싶었습니다.
과연 이 책이 독자들에게 어떻게 다가갈지 궁금합니다.

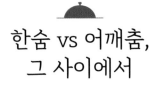

한숨 vs 어깨춤,
그 사이에서

6학년이었던 첫째가 땅이 꺼질 듯 한숨 쉬며 집에 들어옵니다. 어깨는 축 처져있습니다. 아들은 힘없이 의자에 주저앉아 '생각하는 로댕'이 되더니 한숨 쉬며 바로 나갑니다. 저는 아들이 너무 심각해 보이기에 말도 못 꺼냅니다. 무슨 일일까? 별별 생각을 다 하며 서성이는데,

잠시 후 4학년 둘째가 실내화 가방을 돌리며 신나게 들어옵니다. 친구 하나 달고요. 뭐가 그리 신났는지 흥얼거리며 옷을 갈아입습니다. 아들이 흥에 겨워 흔들어 대니 저의 몸도 자동으로 흔들리며 스텝이 밟아집니다. 세상이 다 제 것 같았습니다.

"아빠 아이스크림 먹고 싶어요."라는 말에, 기다렸다는 듯 2천 원이 주머니에서 꺼내집니다. 둘째가 신나 하니 저도 덩달아 어깨가 올라갑니다. 둘째가 나간 후 저는 잠깐 고민에 빠졌습니다.

첫째를 생각하며 한숨 쉬며 고민해야 하는지.
아니면 둘째 따라 어깨춤을 춰야 하는지.

Comment

나는 내 인생의 작곡가
어떤 곡을 작곡할 것인지는 나의 몫
긍정의 음을 작곡할지
부정의 음을 작곡할지

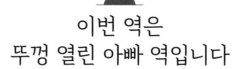

이번 역은
뚜껑 열린 아빠 역입니다

둘째초등 3학년에게 오랜만에 쇼~를 하기 위해 피자 한 판을 사냥해 집에 들어섰지요. 현관문을 여니 둘째와 친구 둘, 셋이 카드놀이를 하며 신나게 놀고 있습니다.

그들은 피자를 보자 춤추며 좋아합니다. 피자는 병자호란 때 남한산성 무너지듯 순식간에 허물어졌죠. 그런데 아뿔싸.

아들의 먹는 속도보다 친구들의 파괴력이 훨씬 더 강력했답니다. 제가 피자를 사 온 것은 아들을 위해서, 아들 먹으라고 사 온 것인데. 아들은 겨우 한 조각도 다 먹지 못했건만, 친구들은 벌써 두 조각을 정복해 가고 있는 것이 아닌가요. 어서 피자를 먹으라는 아빠의 눈치에도 아들은 기꺼이 굼벵이의 길을 질주합니다.

오랜만에 큰맘 먹고 사 온 피자, 그 맛있는 것을 친구들에게 다 빼앗기다니. 친구들은 각각 세 조각씩, 그리고 아들은 두 조각을 차지함으로 피자 사냥은 끝났지요. 친구들이 돌아가고, 열불이 난 이 아빠에게 아들이 묻습니다. "아빠~ 피자 더 없어요?"

저는 고함을 질렀습니다.

"야, 이 ○○○○○놈아!"

Comment

저는 자칭 브렌딩 전문가일인자입니다. branding 브랜드 명[제품 이미지] 부여 작업

어떤 글이나, 설교 제목, 주제를 특이+세련+창조적으로 만들어 내기 위해 머리를 쥐어짭니다. 이 이야기의 제목도 몇 번 바뀌어야 했습니다.

피자 한 판 – 오랜만의 쇼 – 망그러진 아빠 마음 – 등등 어떤 제목이 어울릴까, 고민하다 이 제목이 탄생하게 되었습니다.

"이번 역은 뚜껑 열린 아빠 역입니다."

멋지죠. 멋있으면 박수를.

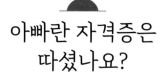

아빠란 자격증은
따셨나요?

민간요법에 시력을 회복하는 비법이 나와 있어, 안경을 쓰고 있던 첫
째초등학교 3학년에게 말을 건넵니다.
"첫째야, 책에 보니 자기 오줌으로 눈을 씻으면 시력이
좋아진다고 하니, 오늘부터 한번 해보자.
엄마한테는 비밀로 하고"

제가 비장하게 말을 꺼내니, 아들도 비장하게 알았노라 대답합니다. 첫날,
컵에 오줌을 받아 아들 눈을 씻깁니다.
"어때?"
"좋아진 것 같아요."

두 번째 날, 아들이 돌아오길 기다렸다가 바로 화장실로 직행해 오줌
으로 눈을 씻어주었죠.
"어때?"
"잘 모르겠어요."

다음 날 저는 민간요법을 계속 신뢰하지 못했습니다. 아들도 그랬는

지 우리는 그 사건을 서로 모른 척하고 타임캡슐에 묵혀 두었죠. 15년
이란 세월이 흐른 후, 아들이 먼저 말을 꺼내더군요. 그때는 정말 아빠
말대로 하면 시력이 좋아지는 줄 알았다고요.

부모 말을 100% 신뢰하는 자녀들을 위해, 부모들은 좀 더 성숙해져
야겠습니다.

Comment

어버이라는 것은 하나의 중요한 직업이다.
그러나 이제까지 아이들을 위해, 이 직업의 적성검사適性檢査를 한
적이 없다.

- 버나드 쇼 George Bernard Shaw

아빠 살려!

첫째가 얼굴에 뭐가 잔뜩 돋았다며 강남의 피부과에 간다고 합니다. '파격 세일' 전단지를 보여주면서 말이죠. 아빠가 반대했음에도 '남자도 피부과에 가야 한다는' 엄마의 지지를 얻어 파격 세일을 한다는 강남 피부과에서 5회 치료를 받더군요.

한 달 후,

동생이 자기도 형이 다녀왔던 피부과에 가야 한다며 조릅니다. 형평상 어쩔 수 없이 동생도 피부과 치료를 5회 받았습니다. 파격 세일 한다는 곳에서.

한 달 후,

이번에는 아내가 나섭니다. 남자애들도 피부과에 다녀왔는데 여자인 자기가 안 가면 말이 되느냐는 흠 없는 논리를 내세우며 아내도 파격 세일 한다는 곳으로 갑니다.

윽,

파격 세일,

아빠 살려,

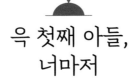

믁 첫째 아들,
너마저

삐뚤 지수가 앞선 둘째가 중1 때 어느 날입니다. 어디서 뭘 할까, 궁금하여 전화하니 친구와 숙제한다고 합니다. 못 미더워 모범 지수가 뛰어난 첫째_{중3}에게 전화했더니 자기는 학교이고, 동생은 아마 친구랑 숙제할 것이라고 하더군요.

잠시 후 프린터가 고장이 나, 어쩔 수 없이 PC방 프린터를 사용하려고 PC방에 들어섰더니 아뿔싸, 그놈들이 나란히 앉아 게임을 하는 것이 아닙니까. 세상에 믿을 놈 하나 없습니다.

누가 삐뚤이고, 누가 모범입니까.
아빠에게는 모두 공공의 적, 인 것을.

Comment

짱구야,
아빠가 인생에서 가장 행복하다고
생각했던 건 너와 짱아가 태어났을 때다.

영화- 짱구는 못 말려

조재선의 글스토랑

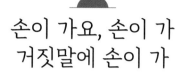

손이 가요, 손이 가
거짓말에 손이 가

2016년 4월 어느 날

동네 오거리 꽃집 앞을 지나가는데 예쁜 아가씨가 꽃을 사라며 유혹합니다. 며칠 전 꽃을 받고 싶다던 아내의 말이 생각나 꽃집 아가씨의 유혹에 풍덩 빠졌지요. 그녀는 꽃을 풍성하게, 듬뿍 포장해서 5만 원인데 특별히 3만 원만 내라며 선의를 베풉니다. 통 큰 세일 하는 상냥한 그녀에게 '고맙다'를 연발하며 꽃다발을 품고 집으로 내달렸답니다. 기쁨에 겨워 꽃을 들고 집으로 들어가는데, 아뿔싸 '바가지'였습니다. 꽃집에서 그렇게 싱싱하고 활달해 보이던 꽃들이 햇빛에 보니 시들 시들이 듬성듬성 군락을 이루고 있더군요.

고민하던 끝에 저는 아내에게 꽃을 바치며 1만 원 주고 떨이로 가져왔노라 거짓말을 했습니다. 그러자 아내가 어찌 그리 좋아하는지. 깡충 뛰며 춤을 춥니다. 정말 저렴하게 잘 가져왔다며, 당신 정말 멋있다며. 그래서 저는 종종 이 수법을 사용합니다.

바가지 쓴 것 같은 것은 저렴하게 사 왔다고 말이죠.

이제 제 수법이 들통났으니 이 일을 어쩌나요.

해 질 녘

월미도 해변에 해가 기울고 있습니다. 구름이 시기하듯 방해 공작을 벌입니다. 그러나, 해는 여기저기 포진해 있는 구름 사이사이를 용케 피해 다니네요.

해는 마치 람보라도 되는 듯, 구름 겹겹을 비집고 월미도 해변에 빨강+분홍+노란색을 토해냅니다.

그 광경을 놓칠세라 연인은 팔짱 끼고, 꼬맹이들은 튀는 행동으로, 가족은 다정하게 포즈를 잡고 오늘을 이별하는 해를 아쉬워합니다.

해 질 녘은 모두 아름답습니다.
맑은 하늘은 맑은 하늘대로,
구름이 있는 하늘은 구름이 있는 대로.

제 인생의 해 질 녘은 어떨는지요.
저의 마지막 순간도 많은 이들이 아쉬워하는.
저의 영역을 붉게 물들이는 황혼이 되기를 희망하며.

Comment

오늘도 얼마나 많은 것을 다운로드download 받으셨나요?
미움, 증오, 원망, 음욕, 탐욕, 찌그러진 자존심.

벌써 하루해가 지네요.
어서 삭제하셔야 할 듯.

우물쭈물하다간
이 훼방쟁이들이
우리를 밤새도록 '자반 뒤집기' 할 테니까요.

해돋이

바다에서 일출을 보셨나요?

정말 웅장합니다.

새해 첫날엔 많은 이가 명소에서 해돋이를 보려고 밤샘도 하지요.

해가 떠오르면

탄성 지르는 이,

사진 찍는 이,

발을 동동 구르는 이,

마치 시인인 양 뭐라 중얼거리는 이 등등,

해를 맞이하는 사람들은 가지각색입니다.

해는 관중의 환성 소리에 화답하듯 폼생폼사를 들썩이며

찬란하게 등극합니다.

저도 매일 떠오릅니다.

매일 아침 가족에게도 떠오르고,

교회에서도 떠오르고,

강의실에도 떠오르고,

조재선의 글스토랑

독서 모임에서도 떠오르고,

친구에게도 떠오르고,

탁구장에도 떠오르고,

공공장소에도 떠오릅니다.

그러나 많은 이들이 저를 본척만척하기도 하지요. 그럴 때마다 저의
존재감은 '순간' 쥐구멍으로 망명을 떠나야 합니다.
저는 매일같이 해에게 열등감을 느끼며 살아갑니다.

Comment

사람이 언제 죽는다고 생각하냐?!
심장이 총알에 뚫렸을 때?
아니...
불치병에 걸렸을 때?
아니...
맹독스프를 먹었을 때?
아니...
아니야!!! ...사람들에게 잊혀졌을 때다!!!

<원피스>

간이 배 밖으로 나온
남편들이여

부부싸움을 하면 둘째 아들이 꼭 딴지를 겁니다.
"왜 엄마 아빠는 아무것도 아닌 것을 가지고 싸워요!"

둘째 아들 눈에는 아무것도 아닌 것 같이 보이지만, 우리 부부는 피
터집니다. 우리 싸움은 대부분 아내의 잔소리로부터 출발합니다. 이
유는 다양해요.

양말 벗을 때 뒤집어 놓았다며,
냉장고 문 자주 연다며,
치약 중간부터 짜지 말라며,
밥 먹을 때 소리 낸다며,
차선 변경하려면 한 박자 늦추라며,
신발 좀 예쁘게 벗어 놓으라며,
벗은 옷 정리 잘하라며,
등등으로 감히 남편에게 잔소리 해대니 가만히 있는 남편이 어디 있
습니까?
이 얼마나 피 터지는 싸움입니까?

조재선의 글스토랑

3억 : 1의 경쟁을 뚫고

1966년 4월 어느 날.

저를 비롯한 약 3억의 경쟁자들은 이제 아버지에게서 어머니의 품으로 수정되기 위한 치열한 경쟁을 벌여야 했습니다. 대한민국의 6배가되는 3억의 경쟁자들. 어떤 자료는 10억 그중에 단 1개의 정자만이 인간으로 태어나는 승리의 월계관을 차지합니다.

제 생애 단 한 번밖에 없는 기회.

인간이 되느냐, 실패하느냐가 결정되는 그 순간.

우리 민족 5천 년 역사 속에서 드디어 찾아온 단 한 번의 기회.

과거에도 없었고 미래에도 없을 단 한 번의 레이스.

아버지의 조그마한 방에 있던 저를 비롯한 3억이 넘는 경쟁자들은 쟁쟁했죠. 눈은 지글지글 타올랐고. 키는 컸고. 지혜도 뛰어나 보였지요.

남자도 있었고, 여자도 있었고,

쌍둥이로 출전하는 경쟁자도 있었고요.

저의 가슴은 쿵쾅 뛰었고.

침이 꿀꺽꿀꺽 삼켜졌고.

앞이 캄캄했습니다.

인류 역사상 단 한 번밖에 없는 기회.

　"내가 과연 우승할 수 있을까?"

얼마나 스트레스를 받았는지,

그때부터 제 머리는 벗겨지기 시작했습니다.

드디어 출발 신호가 떨어졌죠.

우리 3억이 넘는 정자들은 어머니에게로 열심히 달려갔답니다.

우렁찬 함성소리~

달리고 또 달렸습니다.

뒤를 돌아볼 틈도 없었죠.

어디가 최종 목적지인지도 모른 채 무조건 앞으로 대시했습니다.

얼마나 달렸을까요.

그런데 앗 싸~ 이런 일이.

제가 순간의 차이로 1위를 했고,

그 순간 저는 어머니의 방으로 빨려 들어갔어요.

바로 제가 그 3억의 경쟁자를 물리치고 어머니에게로 수정되었습니다. 승리의 월계관을 차지한 것입니다.

제가 어머니 방을 차지한 순간,
활짝 열려있던 출입문은 쾅 하는 굉음과 함께 닫혀버립니다.
그러자 3억의 경쟁자들은 문밖에서 통곡하며,
피를 토하며 울부짖었고,
하나둘씩 쓰러지기 시작했어요.

"그때 저의 경쟁자들에게 삼가 명복을 빕니다."

건강한 남자는 하루에 약 1억 개의 정자를 만들어 낸다고 합니다. 저의 아버님이 하루에 1억씩, 약 40년 동안 정자를 만들어내셨다면 저는 숫자적인 계산으로는 약 4조 3,800억 마리의 정자 중에 '하나'였답니다.

번개 맞을 확률	500,000 : 1
로또 복권에 당첨될 확률	8,000,000 : 1
현재 세계의 인구 2015년 7월	7,256,314,500 : 1

조재선의 글스토랑

제가 아버지에게서 태어날 확률 / 4조 3,800억 : 1

아버지가 할아버지에게서 태어날 확률 / 4조 3,800억 : 1

할아버지가 증조할아버지에게 태어난 확률 / 4조 3,800억 : 1

이 모든 확률을 따져보면 제가 세상에 등장할 확률은 0%입니다.

제가 어머니 뱃속에 수정되던 그 날~

제가 경쟁자보다 가장 빨랐을까요?

뛰어났을까요? 건강했을까요? 운이 좋았을까요?

그날,

이 놀라운 세상에 어떻게 제가 선택되었을까요?

Comment

"내가 너를 구속하였고 내가 너를 지명하여 불렀나니 너는 내 것이라"

- 이사야 43 : 1

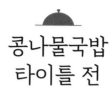

콩나물국밥
타이틀 전

서기 2016년 9월 8일 오후 7시
저와 허○○선교사님ㅇㅇ국이 탁구 쳤습니다.
콩나물국밥 타이틀 전.

허 선교사님은 저에게 탁구를 배운 수제자. 한 마디로 저의 밥이죠. 그런데 선교지에서 매일 탁구 쳤는지 올 때마다 일취월장하며, 가끔가뭄에 콩나듯 저를 이기곤 했지요. 그러더니 이번엔 저에게 콩나물국밥을 걸고 도전장을 던집니다.

하룻강아지 범 무서운 줄 모른다더니,
螳螂拒轍당랑거철 : 사마귀당랑란 놈이 커다란 수레를 두 팔로 막고 서서 못 가게 한다는 말인데, 제 분수를 모르고 무모한 일을 벌이는 허 선교사님 같은 분을 두고 하는 말이죠.
"오늘 공짜 밥 먹겠군."

그런데 이게 웬일이나요? 제가 적군에게 3판을 내리 집니다. 네 번째 판에서는 우기기 전법을 써서 겨우 이기곤, 결론은 8대2로 무릎을 꿇

조재선의 글스토랑

었습니다. 제 인생에 국치일.

얼마나 억울한지 콩나물국밥이 소화가 안 됩니다. 소화제를 먹고 겨우
진정했지만, 너무 억울해 잠을 설쳐 지금도 머리가 띵.

탁구 한 게임 졌다고 이렇게 고통스러운데, 인생 전체혹은 최종점수를 평
가할 때, 좋지 못한 성적을 받아 들면 얼마나 땅을 치며 후회할까요?
오늘도 제게 인생의 기회가 있다는 사실이 얼마나 기쁜지. 춤을 출 일
입니다.

Comment

인생에서 예측이 가능한 것은 오직 하나,
인생은 '예측할 수 없다.'라는 것입니다.

변비 권법

신체 조직의 두목, 얼굴은 무식했습니다. 조직원인 팔 다리 배 가슴 위 장 항문은 항상 설설 깁니다. 특히 막내 항문은 동네북입니다. 얼굴은 물론 다른 조직원들도 깔보고, '똥고'라고 놀리고 냄새난다며 조롱했 지요.

항문은 신체 조직들이 괴롭히며 조롱하자, 이를 갈며 무술을 연마했 습니다.
16년의 피나는 노력 끝에 항문은 새로운 권법을 만들어 냈습니다. 이 름하여 변비 권.

이 변비 권법은 항문을 조절하며 똥을 막아버리는 권법이죠.
나비처럼 날아 벌처럼 쏘아대는 변비 권법. 항문이 변비 권을 날리면 얼굴에는 뭐가 막 돋아나고, 누렇게 뜨고, 배는 복통으로 데굴데굴 구 릅니다. 항문의 변비 권법 앞에 조직원들은 추풍낙엽이었습니다. 얼 굴 등 모든 조직원은 싸움꾼 항문을 새 두목으로 세웠습니다.
항문은 조직의 두목이 되자 학교를 세우며 교육을 강조했죠. 실력만 이 조직을 일으킬 수 있다며 "학문을 닦자. 학문을 넓히자, 학문에 힘 쓰자!"라는 슬로건을 만들었습니다.

얼굴 팔다리 가슴 위장 허파 대장 심장 혈액 두뇌 등 조직원들은 매일 아침에 우렁차게 외칩니다.

[항문을 닦자! 항문을 넓히자! 항문에 힘쓰자!]

Comment

이 이야기는 삭제하라며 가족들이 데모합니다.
아내는 표현이 저질(?)+무식해 보인다며,
아들은 품위를 떨어트리는 수준 이하라며,

행복에너지 대표님께 고민을 말씀드렸더니,
'무슨 말이냐며, 당연히 넣어야 한다!'라는 지지를 얻어
이 이야기가 세상에 나오게 되었습니다.

행복에너지 대표님과 저의 코드는 찰떡궁합입니다.

언똥술사 言糞術師

언똥술사- 언어를 똥으로 만드는 기술자

어느 시골 정류장에서 마을버스가 한참 동안을 꾸물꾸물 댑니다. 참다 못한 승객이 운전 기사에게 소리 지릅니다.

"이봐요!

이놈의 똥차 언제 떠나요?"

그 말을 들은 운전기사는 느긋하게 한마디 합니다.

"예~ 똥이 다 차야 가지요!"

나의 언어가 나를 똥으로 만들기도 하고

존귀하게 만들기도 합니다.

Comment

불평이란 안경을 낀 사람이
오늘이란 도화지에 절망, 우울, 스트레스를 그립니다.
감사란 안경을 낀 사람이
오늘이란 도화지에 희망, 비전, 기쁨을 그립니다.
우리는 오늘 어떤 안경을 끼고 있나요?

3부

불효자식의
효도

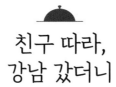

친구 따라,
강남 갔더니

주택 대학교에 아파트, 빌라, 전원주택, 원룸 등 많은 학생이 있었는데, 그중에 아파트들의 성적이 아주 뛰어났죠.

○○아파트, □□아파트, ▽▽아파트, 등등

교수님이 전교 1위를 차지한 아파트에게 질문합니다.

"학생의 꿈은 뭐야"

전교 1위 아파트가 말했죠.

"저는 강남으로 이사 갈 겁니다."

졸업 후 최고 성적 아파트가 강남으로 가자, 아파트 친구들이 대거 친구 따라, 강남에 갔답니다. 그래서 강남에는 아파트가 정말 많습니다.

그때 최고 성적을 낸 아파트를 따라서 강남에 가지 않은 친구들은 지금도 대성통곡합니다.

친구 따라, 강남 갔어야 했는데,

Comment

파리를 사귀면 구더기, 벌레들이 노크하고,
꿀벌을 사귀면 꽃밭을 여행합니다.
부지런을 사귀면 성공이 '얼~쑤'하며 찾아오고,
거짓말을 사귀면 패가망신을,
과식을 사귀면 비만을 만나게 됩니다.
....
....

내가 오늘 만나며 사귀는 이를 관찰해보세요.
내일 누구를 만나게 될지 보일 테니까요.

불효자식의
효도

여러분!

자녀에게 너무 사랑을 쏟아붓지 마세요.

우리 자식도 크면 나와 똑같이,

내가 지금 부모님에게 하는 것처럼 그대로 할 텐데,

그런 불효자식들에게

왜,

왜,

왜,

사랑을 쏟아 놓으려 하시나요.

조재선의 글스토랑

아이디어 낚시

부산 태종대로 번개 여행을 떠났습니다.
글감 아이디어를 낚기 위해서요.

만선의 꿈에 부풀었건만,
1박 2일로 태종대를 이 잡듯 누볐지만,
글감은 물론 개미 한 마리 보이지 않더군요.
실망만 주렁주렁 매달고 빈손으로 기차에 올랐습니다.

무능력한 나 자신이 미웠고, 돌아버리고 싶은 그 순간에
거대한 글감이 입질합니다.
날랜 낚시꾼의 본능으로 순식간에 낚아챘지요.
그 글감은 1박2일 동안 한 개의 아이디어도 못 낚은 아이디어.
그리고 저는 저에게 큰 선물을 주었습니다.
그 선물은 실망스럽던 나에게 다시 한번 기회를 주는 것이었습니다.

조재선의 글스토랑

Comment

멋진 한 문장을 만들기 위해
촌철살인의 한 단어를 찾기 위해
온밤을 지새웠는데
안 떠오르네요.
해는 쉽게 떠오르는데

휴식을 모르는 사람은 브레이크 없는 자동차와 같다고 헨리 포
드가 말했지요. 저도 오늘은 이만 브레이크를 밟아야겠네요.

2015년 12월 15일 아침에

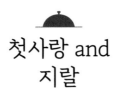

첫사랑 and
지랄

1992년 11월, 용인 술막다리 정류장에서 버스를 기다리는데 첫눈이 소식도 없이 함박눈으로 쏟아집니다. 첫눈이 기습하니 여기저기서 환호성이 울려 퍼집니다. 한 아가씨는 애인의 팔을 휘감고 시를 쓰더군요.
"자기야, 우리의 첫사랑이 내린다!"

여기저기 흥겨워 노래 부르는데, 어디선가 커다란 보따리를 이고 나타난 아줌마가 흥겨운 분위기를 북한 아오지 탄광으로 귀양 보내더군요.
"왜~ 눈이 내리고, 지랄이야!"

그로부터 23년이 지난 오늘2015년 12월 30일도 눈이 내립니다. 이 눈도 누구에게는 "첫사랑"이 될 것이고 누구에게는 "지랄"이 될 것입니다.

Comment

어떤 이가 항상 불평을 입에 달고 삽니다.
"난 못 해, 힘들어, 자신 없어, 죽고 싶어, 밥맛 없어, 싫다니까,
실패할 거야!"

보다 못한 그의 한 친구가 적극적 사고방식이란 책을 선물하며,
"친구야, 넌 어떻게 그렇게 부정적으로 살아가니,
좀 더 적극적으로 살아봐,
그리고 어떤 말을 할 때 항상 수식어를 붙이고 살아~
더욱~, 정말~, 분명히~, 확실히~, 진짜~ 반드시~,
이런 수식어를 앞에 붙이고 말을 해, 알았지!"

친구의 말을 듣고 그는 이제 적극적으로 살기로 했답니다.
"고마워, 앞으로는 너의 말대로 꼭 이런 말을 할게."

그 후부터 그는 적극적인 말을 하며 살아갔죠.
"정말~ 힘들어
분명히~ 실패할 거야
확실히~ 못 해
진짜~ 싫다니까
틀림없이~ 넘어진다니까"

얘기 좀 해요 (1)

"당신 잠깐 나랑 얘기 좀 해요."

라는 아내의 말에 저는 '뜨끔' 합니다.

도대체 내가 뭘 잘못했는지 알지 못한 채로,

도살장에 소 끌려가듯,

제발 가벼운 형이 집행되기를 바라는 죄수의 마음으로,

'오늘도 무사히'를 마음속에 새기며

저는 판사님 앞으로 공손히 다가갑니다.

조재선의 글스토랑

Comment

아내의 잔소리 비가 내리기 시작합니다.
저는 비에 젖지 않으려고 우산을 씁니다.
그랬더니 그 비는 소나기가 되고, 천둥을 치고, 태풍을 몰고 옵
니다.

포기하고 우산을 접었더니,
비가 그치네요.

얘기 좀 해요 (2)

야구는 9회 말 투아웃부터.

그러니 기회를 기다려 보세요.

긴장의 끈을 놓지 마세요.

요기 베라의 말처럼 끝날 때까지 끝난 게 아닙니다.

마지막 휘슬이 울릴 때까지 최선을.

때는 2017년 8월 어느 날 23시 50분. 잠에 빠져들려고 하는데 하루 내내 뾰로통하던 아내가 말합니다.

"당신 나랑 얘기 좀 해욧!"

윽,

Comment

아내의 잔소리는 파도와 같습니다.
지혜로운 남편은 파도가 일 때 파도를 타고,
평범한 남편은 바닷물에 젖을세라 자리를 피하고,
어리석은 남편은 파도치는 것을 용납 못 한다며
방파제를 쌓습니다.
아주 높이

얘기 좀 해요 (3)

북한이 미사일을 펑펑 날립니다.

미쿡 대통령은 평양을 불바다로 만들어 버린다고 으름장을 놓습니다.

미쿡을 비롯한 외쿡 사람들은 화약고 속에 살고 있는 우리를 불안의 눈초리로 바라봅니다.

그러나 이 순간 저에게는 더 큰 폭탄이 터졌습니다.

"당신 나랑 얘기 좀 해욧!"

이라는 미사일이

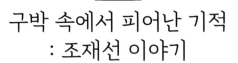

구박 속에서 피어난 기적
: 조재선 이야기

어머니는 20세에 결혼하여 딸만 셋 낳으셨습니다. 그 후 35세에 이르기까지 더 이상 자녀 출산이 어려워지면서 가정의 평화에 금이 가기 시작했습니다. 아버지는 가부장적 사회의 굴레에 갇혀, 아들을 얻지 못한 상실감을 어머니에 대한 원망으로 표출하셨지요. 술에 취해 귀가하는 날이 잦아졌고, 그때마다 어머니를 향한 폭언과 폭력은 도를 넘었습니다.

어머니는 세 딸을 위해 굳건히 버텨내셨습니다. 때로는 삶을 포기하고 싶은 마음이 들 때도 있었지만, 어머니 없는 세 딸의 미래를 생각하며 고통스러운 현실을 감내하셔야 했습니다.

아들을 얻고자 하는 열망은 끊임없는 노력으로 이어졌죠. 매년 두 차례의 굿, 이웃의 금줄을 훔치는 미신적 행위, 그리고 수많은 민간요법까지. 어머니의 열정은 멈추지 않았습니다.

운명의 날. 아버지는 42세. 어머니는 35세.
아버지는 집에 오셔서 다짜고짜 명령하듯 말씀하셨답니다.
"위에 마을. 덕곡리에 교회가 있는데

교회 가면 아들을 낳는다고 하니까
이제부터 당신 교회 다녀~"

아들을 얻을 수 있다는 희망에 어머니는 바로 교회에 다니고 싶었지만, 교회 다니는 사람들이 어머니에게 교회에 가자고 전도를 안 합니다. 교회 다니는 앞집도 옆집도 말이죠. 참을 수 없었던 어머니는 용감하게 누님과 함께 교회에 다니기 시작했지요. 그리고 매일 기도드렸답니다.
[아들을 낳으면 하나님께 드리겠노라며]

하나님께서는 어머니의 기도를 들어주셨습니다. 얼마 후, 어머니의 배는 불러오기 시작했고, 한 아이가 태어났으니 그 이름은 '조재선' 바로 접니다.
아들이 태어나자, 아버지의 기쁨은 하늘을 찔렀고, 매일 드시던 술까지 끊으셨다고 하십니다. 비록 일주일밖에 지켜지지 못했지만, 우리 가정에 너무도 큰 경사였죠.

갓난아기인 제가 어머니의 등에 업히는 일은 대사건이었습니다. 귀한 아들이기에 "감히" 누나들도, 아버지도, 그 누구도 저를 어머니의 등에 올려놓지 못했죠. 잘못하다가 팔이라도 삐면 어떻게 하냐며 말입니다.

저는 일주일에 딱 한 번 교회 가는 날, 엄마 등에 올려졌는데, 그때는 산파 할머니가 오셔서 등에 업혀주고, 내려주고 하셨답니다.
처음으로 어머니가 아들을 등에 업고 교회 가는 날, 어머니는 땅이 흔들리며 구름 위를 걷는 듯한 행복을 경험했다고 합니다.

1년 후 돌잔치 날. 그때 마침 교회 부흥회와 맞물려 온 교인이 모여 축하 예배를 드렸습니다. 목사님의 축복 기도 후, 초등학교 6학년이던 큰누님의 순수한 외침에 잔치 자리는 웃음바다가 되었답니다.
"엄마! 내가 아들 또 하나 낳게 해달라고 기도했어!"

어머니의 기도대로 저는 하나님께 드려졌습니다. 그리고 저는 어머니와 반대로 딸을 원했지만, 아들만 둘입니다. 어머니처럼 간절하지 않았나 봅니다.

Comment

패러독스

1. 우리나라에서 가장 큰 돈의 단위는?

답 : 구원(천국에 들어가는 값이니까)

2. 우리나라에서 사용되는 물건 중에서 가장 낮은 가격으로
   거래되는 상품은?

답 : 천국(구원에 살 수 있으니까)

한입에 꿀꺽

우리 대한민국 국민은 특별한 위장을 지녔기에 무엇이든 뚝딱 먹어 치우죠. 욕을 먹고, 나이도 먹고, 눈칫밥도 먹고, 나이가 들면 귀도 먹습니다. 정치도 해 먹어요. 약속도 까먹고, 숙제도 만남도 시간도 까먹어요. 회사도 날로 먹습니다. 중국어도 연애도 조폭들도 기자들도 날로 먹으려 눈을 번득입니다.

먹지 못하면 먹이죠. 풀을 먹이고, 페인트를 먹이고, 한 방 먹이고, 뇌물을 먹입니다. 골탕 먹이고, 레벨도 먹이고, 문학에 밥을 먹이고, 연장에 기름도 먹이고, 예술에 엿을 먹입니다. 한 걸음 더 나가 애도 먹이지요.

하다못해 한국인은 무조건 맛있노라 외칩니다. 맛있는 수학, 맛있는 여행, 맛있는 사랑, 맛있는 하루, 맛있는 인생, 맛있는 지구라며 무엇이든 군침을 돌게 하죠.

영어단어도 그냥 외워서는 지리멸렬입니다. 뜯어먹는 영 단어, 뜯어먹는 수능 영어 등 영어도 뜯어 먹어야 직성에 풀립니다.
어떤 운동선수는 챔피언을 먹었노라고 공식 석상에서 외쳤다고 합

니다. 고려, 조선 시대에선 사또, 현감 다 해 먹는다며 조정에서는 골
치를 앓았답니다.

그리고 한국인은 무엇이든 한입에 꿀꺽해요. 수학도 한입에 꿀꺽하
고, 세계 지리도 한입에 꿀꺽하고요. 더 나아가 한국인은 지구를 한입
에 꿀꺽할지도 모릅니다.

세계인은 미국을, 프랑스를, 중국을, 러시아를 무서워할 것이 아니라,
무엇이든 한입에 꿀꺽하는 대한민국을 두려워해야 합니다.

Comment

인생에 유머가 빠지면
단팥 없는 붕어빵

흙수저 휘날리며

수저 가족이 있었습니다. 큰형 금수저와 둘째 은수저는 못생긴 막내 흙수저를 무시했죠. 부모님도 능력 있고 돈 잘 버는 금수저와 은수저 만을 편애하며 막내 흙수저에게는 밥값도 못한다며 구박하기 일쑤였 답니다.

그러던 어느 날,
그 집에 큰불이 났습니다. 그 불로 집안의 자랑이었던 금수저는 형체 가 변했고, 은수저는 새까맣게 타들어 갔지만, 구박덩어리 취급받았 던 흙수저는 최고급 도자기로 구워져 기울어져 가던 집안을 다시 일 으켰답니다.

Comment

기득권층과 서민이 같이 길을 걷는데 갑자기 금융위기란 곰이 나타납니다.

"금융위기다!"

금융위기가 나타나자, 기득권층은 바로 높은 나무 위로 피신합니다. 그곳은 곰으로부터 피할 수 있는 안전한 곳이었죠. 나무 위로 올라갈 타임을 놓친 서민들은 우왕좌왕하다 곰이 눈앞에 등장하니 얼른 땅바닥에 누워 죽은 척합니다. 서민이 택할 수 있는 최선의 방법이었죠.

금융위기란 곰은 허기진 듯 울부짖습니다. 기득권층이 자기만 살겠노라, 버리고 간 땅에는 서민들이 애처로이 죽은 듯 꼼짝을 안 합니다. 바들바들 떨면서.
잔혹한 금융위기는 이삭줍기라도 하듯 땅바닥에 누워있던 서민들의 주머니를 몽땅 털어갑니다.

금융위기가 떠난 후, 나무에서 내려온 기득권층은 모두를 잃어버린 서민들에게 돈을 빌려주며 이자 놀이로 더욱 배를 불립니다.

유전무죄
무전유죄

늘대들이 연못에서 돌을 던지며 놀다가 개구리들이 돌에 맞아 죽기도 하고 다치기도 하자, 개구리들은 송사리 변호사를 통해 송사합니다. 늘대가 살인범이라고요.

여우 판사의 판결은 늘대에게 무죄, 그리고 개구리에게는 벌금형을 선고합니다.

늘대가 연못에서 돌 던지며 놀이하는 것은 늘대의 당연한 권리인데, 개구리들이 늘대의 사생활을 침입했다면서.

Comment

가난한 토끼가 걸어서 학교 가는데, 자가용을 타고 가는 친구 여우에게 손 흔들며 말했죠.
"여우야, 나 좀 태워 주라!"

태워 준다고 한 여우는 토끼를 장작불에 태워 먹습니다.

토끼 가족이 억울하다며 재판을 걸자 늑대 판사는 여우에게 무죄를 선고합니다. 토끼가 태워달라고 했기에, 여우가 토끼를 태워 먹은 것은 정당방위라고요.

아내 만세!

저녁 밥상에 가지나물, 호박 무침, 깻잎 볶음 등 맛난 음식이 보여 아내를 치하한 후, 고추장에 들기름, 깨소금 등을 비벼 넣고, 쩝쩝대며 먹어대는 저를 물끄러미 바라보던 아내가 한마디 합니다.

"당신, 나 같이 음식 잘 못하는 여자 만난 것이 다행인 줄 알아요.
생각해 봐요. 음식 잘하는 여자 만났으면 먹성 좋은 당신은
계속 먹어대고 돼지같이 살만 쪄서 잘 걷지도 못할 텐데,
당신은 나 만난 걸 천만다행이라고 생각해요~"

저는 아내의 말을 듣고, 감동해서 눈물이 날 뻔했습니다.
하마터면 저는 돼지가 되어 잘 걷지도 못할 뻔했습니다.

아내 만세!

조재선의 글스토랑

Comment

아내가 김치찌개를 끓이다가 실수로
다시다를 푹~ 쏟아부었습니다.
아내의 외마디 비명이 울려 퍼집니다.
"어쩌지, 어쩌지"

앗,
그런데.
김치찌개가 정말 맛있습니다.
"다시다 만세!"

철가방 아내

아내는 외출할 때면 자장면 배달부가 됩니다.

남편 - "자기야, 갈 시간이야!"

아내 - "이제 다 끝나~"

거울 앞에서 부지런히 얼굴을 두드리며 아내는 말합니다.

저는 현관문을 열고 먼저 나가지요.

남편 - "나 먼저 갈 테니, 바로 나와요!"

아내 - "5분 후에 나갈 테니 시동 걸고 기다려요."

5분, 10분이 지나도 나타나지 않아, 전화하면

"이제 다 끝나가요."

다시 전화하면 헐떡이는 소리로

"엘레베이터 앞이야~"

기다리다 지친 저는 어쩔 수 없이 다시 집에 들어가, 아내를 체포해

출발합니다. 오늘도 20분 지각. 아내는 오늘도 자장면 배달부랍니다.

"네, 지금 출발했습니다."

조재선의 글스토랑

Comment

아랍권에서 가장 인기 있는 가지 요리로 '이맘 바이일디imam bayildi'가 있어요. '성직자가 기절했다.'라는 뜻의 이름입니다. 조선일보 2012년 7월 20일 김성윤 기자 얼마나 맛이 뛰어나기에 성직자를 기절시켰을까요.

'세상을 뒤흔드는 작가가 되겠노라!'라며 큰소리치며 컴퓨터에만 매달려 비실 비실(?)거리는 이 무능한 가장에게 아내는 잔소리 9×9=81단에, 불만이 마하의 속도를 질주합니다.

그러나 마누라여, 조금만 기다리시라. 나의 글이 곧 '이맘 바이일디'가 되리니.

탈출

당진에서 강의를 끝내고 삽교호 근처에서,

우리 부부는 '꼬로록'의 성화에 못 이겨 길가에 보이는 [우렁된장]집
에 들어섰는데,

테이블엔 개미 한 마리 없었고,

잠시 후에 나타난 주인장은 지저분 충만하더군요.

검은색 점퍼에, 너저분한 표정,

청결은 아프리카로 귀양 보냈고,

친절은 정치범수용소로 숙청시킨 것이 분명했습니다.

주인장이 "어서 오세요." 하는 순간 아내가 제 옆구리를 쿡 찌릅니다.

어서 이곳을, 탈출하라는 어명이지요.

그 여운은 지금까지도 저를 졸졸 따라다니며 부담을 줍니다.

저는 마음의 식당을 운영하는 주방장인데,

제 식당을 찾는 고객들에게 어떻게 보일까 하고요.

조재선의 글스토랑

Comment

50대 이상 아내들의 인기 남편 순위

4위 : 잘생긴 남편
3위 : 요리 잘하는 남편
2위 : 집안일 잘 도와주는 남편
그리고 대망의 1위는
....
식사 때마다 집에 없는 남편

짠맛 드라마

2013년 6월, 아내가 OO 어린이집 6세 반을 담임하고 있을 때 아이들이 소꿉놀이했던 Live 상황입니다.

한 남자아이가
"얘들아! 우리 소꿉놀이하자.
나는 아빠, 너는 엄마, 너는 아기"

그러자 엄마 역을 맡은 아이가 서두르는 시늉을 하며 받아칩니다.
"그래,
우리 이제 이 아기가 누구 아기인지
유전자 검사하러 가자!"

자극적인 짠맛 드라마가 아이들을 망가트립니다.

Comment

여섯 살 꼬마가 편의점에서 과자를 훔치다 발각되었죠.
엄마는 헐레벌떡 달려와 꼬마를 다그칩니다.
　"너 엄마가 제일 싫어하는 게 뭐라 그랬어!"
　"......."

대답 못 하는 꼬마에게 엄마는 집요하게 파고듭니다.
　"너 왜 말 못 하니,
　엄마가 제일 싫어하는 게 뭐라 그랬냐고?"

매우 화난 표정을 지으며.
　"엄마가 제일 싫어하는 게 뭐냐고,"
그러자 꼬마 왈.
　.......
　.......
　"아빠요!"

한 송이 아름다운 미인 되지 말고,
영원히 변치 않는 마누라가 되어다오

50을 넘긴 아내가 외출하며 거울 앞에서 혼자 말합니다.

감탄하며.

"오늘 정말 예쁘네!

여보, 나 정말 예쁘지~"

그러더니 걱정하며 집을 나섭니다.

"남자들이 따라오면 어떻게 하지~"

저는 정말 웃겨 죽는 줄 알았습니다.

조재선의 글스토랑

돼지의 단심가
VS
돼지국밥집 사장의 하여가

돼지의 단심가

이 몸이 죽고죽어 일 백번 고쳐 죽어

방긋방긋 웃고죽어 고사상에 자리잡아

뭇사람들 절받으며 희희낙락 누리리라

돼지국밥집 사장님의 하여가

이런들 엇떠하리 저런들 엇떠하리

삼겹살 두루치기 얽혀진들 엇떠하리

맛 향한 일편단심 가실 줄이 있으랴

조재선의 글스토랑

Comment

태산이 높다하되 하늘 아래 뫼이로다.
오르고 또 오르면 못 오를 리 없건만은,
사람이 제 아니 오르고 뫼만 높다 하더라.

-양사언(楊士彦)-

집값이 하락하되 하늘 위에 세계로다.
내리고 또 내려도 하늘의 별 따기니,
아랫동네에선 오늘도 긴 로또 줄을 서고 있네,

-조재선(2023년 집값이 하락하던 어느 날)-

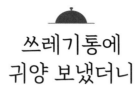

쓰레기통에
귀양 보냈더니

난센스 퀴즈
쓰레기통의 뚜껑을 덮어놓는 이유는?

답 : 먼지 들어갈까봐.

제 인생에도 쓰레기통이 있어 자주 사용합니다.
망신당한 일, 친척이나 지인에게 서운했던 상황, 남에게 상처받은 것,
정말 생각하기 싫은 어떤 모습 등은 바로 내 인생의 쓰레기통에 골인
시키죠.

그러나 그놈들.
분명 쓰레기통에 귀양 보낸 것들이 불쑥불쑥 나타나 내 삶의 항로
를 방해합니다. 가족이나 지인에게 서운한 것이 있으면, 쓰레기통에
서 통곡하고 있어야 할 놈과거의 서운함 등들이 합세해 '곱빼기' 서운함
으로 저에게 대항해요. 친구, 이웃, 자녀 등과의 파트너십에 끼어들어
'삐뚤빼뚤' 고난의 길을 걷게 합니다.
제 인생의 쓰레기통 뚜껑을 꽉 닫아야겠네요.
자물쇠를 채우던지.

Comment

실패는 end가 아니라 and입니다.
혹시 end라고 생각하시는 분이 계신다면
한 글자만 바꿔보세요.
새로운 시작이 열릴 것입니다.

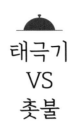

태극기
VS
촛불

때는 2017년 3월 1일, 근처의 공원을 누비는데,

7살 정도의 꼬맹이 둘이 치열하게 싸움합니다.

꺼이꺼이 울며불며,

양쪽 엄마 둘이 진땀을 흘리며 말리더군요.

그런데 '우째 이런일이!'

공원을 한 바퀴 돌아왔더니,

그 꼬맹이들이 언제 그랬냐는 듯이

하하 웃으며, 신나게 잡기 놀이를 합니다.

충격,

우리 어른들은 지금 촛불과 태극기로

패를 갈라 치열하게 대립하고 있는데,

죽기 살기로 치킨게임을 하고 있는데,

""""""

하루속히 우리 어른들이 철이 들어 꼬맹이와 같이 성숙해지기를 소망

해 봅니다.

Comment

대한민국大韓民國이란 아버지에게는 두 아들이 있었습니다. 보수라는 아들과 진보라는 아들, 쌍둥이랍니다. 아버지는 효심이 있어야 하고, 또 기업을 이끌 수 있는 능력이 있는 아들에게 기업을 물려준다고 약속했답니다.

보수, 진보란 두 아들은 아버지大韓民國를 정말 사랑했고, 기업을 이끌 수 있는 충분한 능력을 지녔지요. 그러나 두 아들은 아버지의 기업을 서로 물려받는다며 티격태격 갈등을 겪더니, 급기야 죽기 살기로 루비콘강을 건넙니다.

두 아들은 아버지를 극진히 섬겼고, 또한 기업이 잘되기를 바라는 멋진 아들들입니다. 그러나 보수는 자기만이 아버지와 기업을 살릴 수 있다고 합니다. 진보는 보수가 기업을 맡으면 안 된다며, 피 말리는 전쟁을 합니다.

아버지大韓民國는 오늘도 두 아들의 전투 한가운데에서 고통당하고 있습니다. 두 아들이 서로 하나 되기를 바라면서

닭대가리 Zone

닭의 지능지수는 초라합니다. 텃밭에서 채소를 쪼아 먹는 닭들을 주인은 빗자루를 휘두르며 쫓아내지요. 그러나 도망가던 닭들은 자기들이 어디로 가는지 잊어버리고 다시 텃밭에 달려들어 기어이 주인에게 몽둥이세례를 받습니다. 잊고 또 금방 잊고, 몇 번이고 두들겨 맞는 닭에게 '닭대가리'라는 명성은 어찌 그리 어울리는지요.

저는 소화불량에 자주 걸려 소화제를 종종 먹습니다. 오늘 소화제를 먹었으면 다음엔 조절해야 하는데, 음식 앞에만 서면 작아지는 내 모습. "어, 이렇게 먹으면 또 소화제 먹어야 하는데"라며 [과식, 짜게, 급하게]의 장단에 맞춰 식사하곤 또다시 찾는 소화제.

"이러면 안 되는데, 이러면 안 되는데" 하면서.

똑똑하고 또 똑똑한 저의 두뇌와 미련하고 또 미련한 닭대가리는 오늘도 용호상박龍虎相搏을 이룹니다.

Comment

게으름뱅이의 중대 결심

...

"내일부터"

조재선의 글스토랑

4부

남편 흉보기 대회

꿈 대부 업체

21세기에 들어서며 의식주 문화 등 살기 좋은 세상이 됐지만, 빈부격차는 점점 벌어집니다. 아무리 노력해도 중, 상위권으로 오르기 힘든 구조 속에서 서민들은 꿈과 희망이 바닥을 드러냅니다. 그러자 '꿈을 대출해 드립니다.'란 캐치프레이즈를 내걸고 [꿈 대부 업체]들이 서민들 사이를 헤집고 다녔죠.

[시크릿, 긍정의 힘, 연금술사, 꿈꾸는 다락방, 적극적인 사고방식, 불가능은 없다.]라는 [꿈 대부 업체]들이 문을 열자, 꿈과 희망을 잃어버린 사람들의 행렬이 이어졌습니다. 대부 업체는 그들에게 무한정 꿈과 희망을 대출해 줍니다. 담보도 요구하지 않았죠. 가난한 사람도, 부자도, 장애인도, 주부도 고객이 원하는 만큼 '골라, 골라'를 내밉니다. 고객들은 환호했어요. 초라한 집에 살던 이는 '고래 등 같은 집'에 사는 꿈을 대출받았고, 기업가로 성공한 꿈을, 노처녀는 백마 탄 기사를 손에 쥐는 꿈을, 멋진 자동차를 운전하는 꿈 등을 대출받았습니다.

꿈 대부 업체들은 1만 원 정도의 도서에 무한정 꿈과 희망을 쟁여놓고, 사람들에게 '골라, 골라'를 외칩니다. 단돈 1만 원에 개천을 벗어나는 비법이 있다고 하니 서민들이 몰려들었습니다. 있는 자도 더 큰 목표를 위해 대부 업체들을 환영했습니다. 단돈 1만 원, 이었지만 많은

조재선의 글스토랑

고객이 찾아오니 대부 업체들은 배를 두들기게 되었고, 이곳저곳 강연으로 호황을 누립니다.

많은 이가 대부 업체의 지침에 따라 초라한 집에 살면서도 '고래 등 같은 집'에 사는 것처럼 생각하며 활동했고, 기업가처럼, 멋진 자동차를 운전하는 것처럼 살며 현실과 미래를 넘나들었습니다. 그러나 대부 업체의 지침에 충실히 따랐건만, 성공한 사람은 '가뭄에 콩 나듯' 했어요. 대부분 고객은 대출받은 꿈과 희망이 다시 메말랐죠. 그들은 더 큰 꿈이 필요했습니다. 대출한 것을 갚기 위해 이 회사, 저 회사를 옮겨 다니며 돌려막기에 열중했죠. 한 번 사용한 항생제약은 내성이 생겨 더 큰 항생제를 요구하는 법. 더 큰 꿈을 향해, 더 큰 비전을 갖기 위해. 대출이 대출을 부르고 사채가 사채를 불러댔어요. 고객들의 꿈 신용도는 하락세를 그리기 시작했습니다. 곳곳에서 꿈과 희망의 신용 불량자가 속출하고 말았죠.

오늘도 많은 고객이 돌려막기를 하고 있습니다.

실수 백화점

요리 솜씨가 아무리 뛰어나도 재료가 없다면 단팥 없는 찐빵입니다. 재료가 다양해야 멋진 요리가 만들어지듯이 작가에게도 다양하고 엉뚱한 소재가 있어야 찰진 글을 요리할 수가 있습니다.

아내가 애용하는 쇼핑 장소는 ○마트, ○○○○스, 동네 슈퍼 등이 있죠. 해물은 어디에서, 야채는 어느 곳이 싱싱한지, 어디가 저렴한지 알기에 상황에 맞게 쇼핑합니다. 주부들이 이용하는 마트가 있듯이 작가들도 제각각 글쓰기를 위한 쇼핑 공간이 있답니다.

제가 애용하는 글감 쇼핑 장소는 실수 백화점이죠. 그 쇼핑센터에 가면 다양한 재료들이 즐비합니다. 실수, 패배, 절망, 황당, 망신, 아픔, 고통, 스트레스 등 다양한 재료들이 '나 잡아 잡슈' 하며 싱싱하게 진열되어 있습니다.

이 재료들이 작가의 삶과 배합되면 최고의 글이 요리됩니다.

Comment

일류 요리사는 전국을 골골샅샅 누비며 최고 재료를 찾아 나섭니다.

좋은 재료가 맛난 음식을 만들기 때문입니다.

저는 오늘도 최고의 글감을 찾아 나서고 있습니다.

1등급 재료는 찾아내기가 쉽지 않습니다.

1등급 글감은 실패, 스트레스, 망신, 다툼, 번 아웃이라는 정글 속에 깊이 숨겨져 있습니다.

작가들은 오늘도 정글을 헤집고 다닙니다.

My name is 병아리

어느 날 독수리알 하나가 닭장 속에 떨어졌습니다. 3주 후에 부화 된 새끼 독수리는 자기 어미가 암탉인 줄 알고 다른 병아리들과 함께 졸졸 따라다녔어요. 독수리는 자신이 병아린 줄 알고 그 무리에 속해 있었지만, 남다른 모습에 '왕따'를 당해야만 했죠.

다른 병아리들은 사뿐사뿐 달려가 모이를 쪼아 먹는데, 독수리는 발톱이 날카로워 제대로 걷지도 못합니다. 또 날개는 왜 그리 무겁고 못생겼는지. 독수리는 매일 신세타령으로 자기 자신을 스스로 억박지릅니다.

그러던 어느 날, 새끼 독수리는 높은 하늘에서 힘차게 날고 있는 새를 보고 옆의 병아리에게 묻지요.

"와~ 정말 멋진 새네, 저건 무슨 새니?"

"독수리, 새들의 왕이지"

"그래? 나도 저렇게 날 수 있을까?"

그러자 옆의 병아리는 혀를 '끌끌' 차며 매몰차게 말하죠.

"꿈도 꾸지 마, 병아리 주제에 무슨"

그 후 새끼 독수리는 하늘을 날던 새들의 왕을 생각하며 '나도 저렇게

조재선의 글스토랑

하늘을 호령하며 날면 얼마나 좋을까?' 부러워하며 다른 병아리들과
함께 살며, 또 그들에게 따돌림을 당하며 한 마리의 닭으로 생을 마감
했다는 슬픈이야기입니다.

Comment

이 세상에는
자기가
백조인 줄도 모르는
미운 오리 새끼들이 많아.

-영화 미운 오리 새끼

사랑은 언제나 허리케인!

전라도 남자와 경상도 여자는 주변의 반대를 무릅쓰고 결혼에 성공했죠. 그러나 그들의 영원할 줄 알았던 사랑은 감자 때문에 갈라집니다.

남편은 감자를 소금에 찍어 먹습니다. 그러자 아내는 '깜짝 놀라며' 감자는 설탕에 찍어 먹는 것이라 태클 겁니다.
남편은 소금에, 아내는 설탕에 찍어 먹는 것이라며 티격태격하던 싸움은 점점 커지더니 이혼소송으로 이어집니다. 그 어떤 역경도 사랑으로 지켜냈던 부부인데 말이죠.

재판정의 판사 앞에서도 그들의 싸움은 치열했습니다. 감자를 소금에, 설탕에 찍어 먹어야 한다고 싸우는 그들을 보고 판사는 눈이 휘둥그레지며 그 부부를 호통칩니다.
"아니 세상에!" 감자는 고추장에 찍어 먹어야지 소금에, 설탕에 찍어 먹는 사람이 어디 있느냐고 말이죠.

조재선의 글스토랑

다대포 해수욕장

부산의 다대포 해수욕장에 와보고 실망했습니다.

정말로

...

대포가 하나도 없더군요.

다 대포 해수욕장이라고 하면서

Comment

노르웨이는 노루들이 가장 많이 사는 나라라고 합니다.
노루가 얼마나 많은지 노루가 다니는 전용도로도 있다고 하잖아요.
우리는 노루만 다니는 그 길을 이렇게 부릅니다.
"노르웨이!"

○○교회에서 성경 공부 시간에 전도사님이 질문을 합니다.
"야곱을 아십니까?"
그러자 식당을 운영하는 여 신도가 바로 대답합니다.
"예 압니다.
야채곱창!"

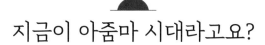

지금이 아줌마 시대라고요?

전철분당선에서 두 할머니의 대화

할머니 A - "아, 속상해 내 머리 맘에 안 들어~"

할머니 B - "괜찮은데 뭐~"

할머니 A - "봐, 꼭 아줌마 같잖아!

　　　　　그 집, 다신 가나 봐라!"

저는 너무 웃겨 옆 칸으로 옮겨 실컷 웃었습니다.

여성들은 왜 그렇게 아줌마를 탁구공 치듯 하는지,

Comment

"어머, 어떻게, 완전 아줌마잖아~"

이 소리는
아내들이 헤어숍 다녀온 후
거울 보며 종종 하는 소리입니다.

팜므파탈

추석을 몇 날 앞두고 쇼핑을 가야 하는데, 아내가 피로로 다운 직전입니다. 눈은 풀렸고, 다리는 관절에 문제가 있는지 쩔뚝대고…. 힘들다는 아내를 겨우 꼬드겨 ○○○백화점에 데려갔답니다. 너무 힘들어하기에 제가 손을 잡고 부축하며 쇼핑을 시작하는데, 기적이 일어났습니다. 구두 진열대를 바라보던 아내가 서서히 눈이 회복되더니 번쩍번쩍 총기가 뿜어져 나오더군요.

흐물거리던 뼈와 살이, 쩔뚝대던 무릎이, 언제 그랬냐는 듯 시금치 먹은 뽀빠이처럼 전사가 되더군요. 갑자기 돌변한 아내는 수많은 인파 사이를 요리조리 피해 가며, 원더우먼처럼 헤집고 다니며 카트를 부흥시킵니다. 홍길동같이 동에 번쩍 서에 번쩍 다니는 아내를 따라 다니다 저는 몸살에 걸리고 말았답니다.

그 풀어진 눈이 총기 있는 눈으로 변화하는 그 과정은 정말 불가사의더군요. 백화점은 팜므파탈Femme Fatale입니다. 여자들을 치명적으로 유혹해 카드를 꺼내게 하고, 남자들은 그 여성들을 따라다니다 몸살을 일으키게 하는 팜므파탈.

남편 흉보기 대회

아내가 누군가와 전화 통화를 하는데,
서로 남편 흉보기 대회를 합니다.

내용을 도청해 보니,
매일 남편 밥을 해주는 것이 너무 힘들다고 하는 내용이더군요.
통화 끝에 아내는 역사상 최고의 명언을 남깁니다.

'남편에게 물고기를 잡아주지 말고
 고기 잡는 법을 가르치라!' 라고 말입니다.

Comment

싸움에 나갈 때는 1번 기도하고

바다에 나갈 때는 2번 기도하고

아침에 밥을 달라고 할 땐 3번 기도하라.

아내의 집중력 미스터리

아내가 갑자기 독서 삼매경에 빠졌습니다.

빅터프랭클의 죽음의 수용소란 책에요.

그 집중력 정말 대단합니다.

그런데 왜 하필,

저녁밥 해야 하는 시간에 빠졌는지,

연구해 볼 필요가 있습니다.

Comment

장모님께선 대가족에 시집을 오셔서 매끼 마다 16명분의 밥을 하셨다고 합니다. 그때는 가스레인지도, 전기밥솥도 없었는데, 제가 장모님께 "힘드셨겠네요?"라고 물으니

"그게 뭐가 힘들어~"

하시며 한마디 더 하십니다.

"애 둘 젖 먹이면서~"

정말, 감탄사가 터집니다. 그런데, 그 장모님의 딸, 즉 아내는 우리 삼부자의 밥하는 것도 허우적허우적, 비실비실합니다. 정말 안타깝습니다.

정의는 반드시 승리합니다

선거에서 승리한 여당 국회의원에게 기자가 묻습니다.

기자 - "이번 승리를 어떻게 생각하십니까?"

여당의원 - "예, 정의가 승리했습니다."

이번에는 야당 국회의원에게 기자가 묻습니다.

기자 - "어려운 선거를 역전시키셨는데, 소감 부탁드립니다."

야당의원 - "정의는 분명히 승리합니다."

오늘도 정의는 착각하며 살아갑니다.

자기가 승리한 줄 알고

Comment

흰머리가 희끗희끗한 정치에게는 두 명의 아내가 있었습니다.
한 아내는 남편보다 나이 많은 보수였고, 다른 아내는 젊은 아
내 진보였죠.

젊은 아내 진보는 활발한 성격으로 남편 정치가 젊어 보이기를
원했고, 반면 다른 아내 보수는 남편보다 나이가 더 들었기에
남편이 더 나이 들어 보이기를 원했답니다.

그래서 젊은 아내 진보는 기회 있을 때마다 남편 정치의 흰머
리를 잡아 뜯었고, 나이 많은 아내 보수는 틈만 나면 남편 정치
의 검은 머리를 조금씩 뽑았답니다.

젊은 아내 진보에게는 흰 머리를,
나이 든 아내 보수에게는 검은 머리를 조금씩 뽑히던 정치는
결국, 대머리가 되고 말았답니다.

1초만 기다려라

어떤 이가 기도를 합니다.

"신이시여, 10억을 어떻게 생각하십니까."

하늘에서 음성이 들려옵니다.

"그야 푼돈이지.

너희들이 어마어마하게 생각하는 10억도

내게는 한 푼에 불과하느니라.

너희의 천 년이란 시간도 내게는 1초에 불과하느니."

"신이시여.

그렇다면 저에게 한 푼만 주시옵소서!"

잠시 후 하늘에서 음성이 들려옵니다.

"1초만 기다려라!"

시간은 참 신기해요. 어떤 때는 굼벵이처럼 박박 기다가, 어떤 때는 코뿔소 달리듯 '두두두두' 달아납니다.

저는 매일 아침이면 고민합니다.

오늘 하루를 빨리 돌릴 것인가, 늦출 것인가.

시간은
거대한 우주선입니다.
만물을 실어 나르는.

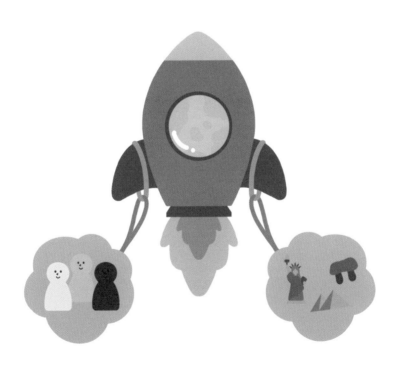

진주 같은 명강의를 하신다더니

○○ 세미나에 참석했습니다.

마지막 시간에 아주 유명한 강사가 나온다며, 진행자는 시간 날 때마다, 침을 튀기며 야단법석 소개를 합니다. 진주 같은 명강의를 기대하라며,

○○대학교 교수시며 ○○대학병원 과장님이신 그분은 정말 명강사였습니다. 표현이 얼마나 진주 같은지요. 접속사, 전치사 외에는 모두 영어를 사용합니다. 어쩌면 그렇게 외국어에, 처음 듣는 단어에, 진주같이 어려운 단어만을 사용하는지.

그 진주가 돼지 같은 저에게 무슨 소용이란 말입니까.

조재선의 글스토랑

Comment

어떤 강사 1.

1분만 더 하시겠다면서 끝없이 펼쳐지는 사막 같은 강의를 하
시며,
얼마 후 진짜 1분만 더 하신다며 다시 강의에 불을 붙이시곤,
다시 한번 마지막으로 1분만을 외치시는 명강사님.
강사님. '1분만'이라는 말은 왜 하셨는지요.

어떤 강사 2.

결론이라며,
그 결론 속에 서론 본론 결론이 다시 등장하고,
다시 결론을 내리시며 또다시 펼쳐지는 서론 본론 결론.
강사님. 그 '양파강의'는 어찌 그리 크신지요.

명강사는 강의 중에 '1분만' '결론으로' '마지막으로'라는 단어
를 사용하지 않습니다.

못 말리는 가족 팀워크

고기를 먹고 싶다며 데모하는 가족을 데리고 오리구이집에 갔습니다. 창가 쪽에 자리를 잡고 주문하는데, 바로 옆에 한 가족이 자리를 잡더군요. 부부와 딸 아들로 구성된 환상의 하모니 가족. 그런데 이게 웬일입니까. 그 가족 정말 이상합니다. 테이블에 앉자마자 기다렸다는 듯이 각자 스마트폰을 꺼내 듭니다. 아빠도 엄마도 고등학생 딸도 아들도 주문할 때 빼고는 한마디도 하지 않고 스마트폰만 합니다.

고기가 세팅되었지만 먹으면서도 스마트폰만 하더군요. 오리고기도 한심한 듯 새까맣게 타들어 갔지만 그들의 스마트폰 사랑은 '끝이 없어라.'였습니다. 외식을 순식간에 끝낸 스마트폰 가족은 누가 말도 안 했는데 똑같이 일어납니다. 정말 못 말리는 팀워크였죠. 그리고 스마트폰을 보며 나가더군요. 그 가족에게는 스마트폰이 삶이요 가족이요 인생 전부였습니다.

그들이 떠나가자, 중학교에 다니던 둘째가 말합니다. 정말 한심한 가족이라며. 그러곤 자기도 스마트폰만 하더군요. 누가 누구에게 돌을 던진단 말입니까. 그런즉 티브이, 자동차, 스마트폰 이 세 가지는 항상 있을 것인데 그중에 제일은 스마트폰이라.

Comment

같은 짬뽕이지만
어떤 이는 감개무량 + 신명 나게 먹는 이가 있는가 하면
어떤 이는 억지로 + 투덜대며 + 귀찮은 듯 먹습니다.

이유를 알아보니,
전자는 매사에 긍정적으로 감사함으로 사는 사람이고
후자는 부정적으로 + 투덜 투덜이 앞서는 사람이죠.

같은 짬뽕이지만
누구에겐 웃기는 짬뽕이 될 것이고
누구에겐 위대한 짬뽕이 될 것입니다.

오늘 내 앞에 놓인 짬뽕하루, 환경 등은
웃기는 짬뽕이나요?
위대한 짬뽕이나요?

어르신들의 일탈 삼매경

○○역에서 하차해 노인 여섯 분과 함께 엘리베이터를 탔습니다. 저는 카톡에 답을 하느라 정신없었는데 한참이 지나도록 승강기가 움직이지 않아 살펴보니 1층 버튼이 안 눌러져 있더군요. 주위를 둘러보니 머리가 하얀 어르신들이 모든 스마트폰 삼매경에 빠져있습니다. 저는 얼른 1층 버튼을 누르며 한마디 했습니다.

"어 버튼이 안 눌러져 있네~"

라는 제 말에 모두가 깜짝 놀라며 스마트폰에서 눈을 떼며 한마디씩 합니다.

1노인 - "어 왜 안 눌렀지?"

2노인 - "왜 안 눌렀지?"

3노인 - "왜 안 눌렀지?"

4노인 - "왜 안 눌렀지?"

5노인 - "왜 안 눌렀지?"

6노인 - "왜 안 눌렀지?"

저도 마지막으로 한마디 했지요.

"왜 안 눌렀지?"

Comment

오늘도 저는 실패란 쿠폰을 발급받았습니다. 쿠폰은 점점 쌓여 인생 냉장고 문짝에 다닥다닥 채워지고 있지요. 누군가는 늘어나는 저의 실패 쿠폰을 보며 조롱합니다. 그러나 그는 쿠폰 속의 조그마한 글자는 보지 못합니다.

쿠폰 10장이면, 인내를 배우고,
쿠폰 20장이면, 깡다구가 늘어나고,
....

이 쿠폰은 미래의 어느 날, 가장 요긴하게 사용될 것입니다.

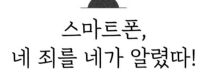

스마트폰,
네 죄를 네가 알렸따!

근처의 한 전원 카페 입구에는
큰 개가 한 마리 묶여 있습니다.

"우주에서 가장 큰 개"라는 표지판이 말해주듯
황소만 한 덩치에 사납기가 표범 저리 가랍니다. 그렇기에 우주에서
가장 큰 개는
쇠창살로 두른 감옥에 갇혀있고, 다시 굵은 쇠사슬에 묶여 있습니다.

우주에서 가장 큰 개는 오늘도 자기 능력도 발휘하지 못하고 철저하
게 묶여 있습니다.

오늘날 우리는 스마트폰이라는 쇠사슬에 묶여 있습니다. 통화, 메시
지라는 창살로 두른 감옥에 갇혀있고, 다시 페북, 카톡, SNS 라는 굵
은 쇠사슬에 묶여 있습니다. 우주에서 가장 큰 우리는 오늘도 철저히
묶여 있습니다.

조재선의 글스토랑

Comment

같은 어묵 꼬치 1개에,
재래시장에서는 500원
우리 집 앞에선 1,000원
분당 전철역에선 2,000원
모 백화점 앞에선 3,000원
......
내 인생은 오늘 어디서 거래되고 있나요?

거북이 예찬

거북이가 길을 가다 지렁이가 기어가는 것을 보고 말합니다.

"야 타!"

지렁이를 태우고 가다 보니 이번에는 굼벵이가 엄청 힘들게 가는 것이 아닌가요. 보다 못한 거북이 또 아량을 발휘합니다.

"야 타!"

거북이가 둘을 태우고 출발하려고 하자, 지렁이가 급하게 굼벵이에게 말합니다.

"야 꽉 잡아, 애 무지빨라!"

오늘도 거북이 같은 인생을 산다며 안타까워하는 분들이여. 지금도 수많은 이들이 우리 거북이들을 보고 '깜놀' 합니다. 초 스피드라며.

조재선의 글스토랑

Comment

참새는 항상 변함없이 '짹짹'거리고 있건만,
어떤 시인은 '노래한다' 흥얼대고
어떤 시인은 '슬피 운다' 훌쩍입니다.
각 시인의 제멋대로 해석이겠죠.

"그런데 참새야,
너는 도대체 우는 거니, 웃는 거니?"라고 묻자,

참새가 신중하게 생각하고 대답합니다.

....

"짹짹짹"

미친 듯이

명문대를 나왔지만, 취직을 못 해 허우적대던 한 한국 청년이 신에게
기도했어요.
"신이시여, 저는 욕심 없습니다.
대기업이 아니래도 괜찮아요.
커다란 부富도 명예도 원치 않습니다.
그저 평범하게 살게 해주세요!"

그러자 신이 응답합니다.
"그렇다면,
…………
그렇다면,
…………
미친 듯이 살아라!"

조재선의 글스토랑

Comment

2040년 어느 날.
바둑에서, AI알파고에 패한 이세돌이 다시 도전합니다.
단판 승부로,

더욱 업그레이드된 AI는 종반에 들어서자, 승률 99%로 승리를
예측합니다. 다시 한번 인류의 패배가 눈앞에 펼쳐집니다.
그런데
놀라운 일이 벌어졌죠. 이세돌이 역전승을 한 것입니다.

패배를 눈앞에 둔 이세돌이 역사상 길이 남을 최고의 한 수를
실행했는데, 그 수는 AI가 아무리 발전하더라도 따라올 수 없
는 신의 한 수였습니다.
이제 드디어 인류가 어느 부분의 AI라도 이길 가능성을 열어둔
것입니다.
그 수는 어떤 AI라도 근접 못 할 최고의 한 수입니다.
그것은,

알파고의 전원을 꺼 버린 겁니다.
기계와의 전쟁에서 승리의 첫 삽을 뜬 이세돌에게 박수를.

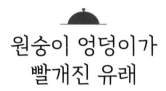

원숭이 엉덩이가
빨개진 유래

원숭이들이 데모합니다.

소와 같이 큰 집에서 살며, 소에게 주는 먹거리만큼 자기들도 달라고
요. 소와 공평한 대우를 해달라고 말이죠.

동물의 왕은 고민하다 원숭이의 말대로 소와 공평하게 대우하는 법을
만들었답니다.

법이 통과되자 원숭이는 소와 같은 큰 집에서, 소 양식만큼 많은 먹이
를 배급받게 되었지요. 그러나 원숭이들은 소와 같이 공평해야 하니
소가 일하는 양만큼 일해야 했고, 소만큼 세금을 내야 했답니다.

원숭이들은 소의 일한 양, 소가 내는 세금만큼 내야 하니 하루 내내
나무 위에 앉아 야자, 바나나 열매를 수확해야 했지요. 온종일 나무 위
에 앉아, 일해야 했던 원숭이들의 엉덩이는 부르트기 시작했고, 그 후
에 원숭이들의 엉덩이는 빨개졌답니다.

조재선의 글스토랑

Comment

내가 만약 꿀벌이라면 잉잉 날며,
내가 만약 금붕어라면 연못 속을 노닐어야 합니다.

그런데
지렁이가 하늘을 나는 연습을 하거나,
벌이 수영선수가 되겠노라 '촐랑 충만' 하거나,
금붕어가 땅속에서 살게 해달라고 '주여, 주여!' 기도한다면,
하나님은 무엇이라 말씀하실까요?

바닷물이 짠물이 된 유래

바다 나라에서는 교육부 장관이 바뀌면 싹 다 갈아엎습니다.

교육부 장관에 임명된 개구리, 개구리 교육부 장관은 우물 안 교육이 최고라며 이전 교육정책을 싹 다 갈아엎고 학생들에게 죄다 우물을 파게 합니다. 특히 영재반을 따로 모집해서 한 우물만을 파게 했죠.

꽃게가 교육부 장관이 되자 이제 우리 물고기들은 우물 안에서 벗어나 게걸음으로 새 시대를 열어야 한다고 일갈합니다. 그래서 모든 학생 물고기는 옆으로 걷기 시작합니다. 게걸음으로.

이번에는 미꾸라지가 되자 물고기들이 위험에 빠지면 흙탕물을 일으켜 살길을 도모해야 한다며 흙탕물 교육으로 바꿔버립니다.

교육계에서 명성이 자자한 조기는 조기교육의 중요성을 강조하며, 치어린 물고기들에게 리더교육을 시켜 모든 물고기를 치어리더로 만들었습니다. 그래서 모든 물고기가 치어리더가 되어 바다에서 방방 뛰며 땀을 흘리니 얼마 안 되어 바닷물이 짠물이 되었답니다. 정말 짠한 이야기입니다.

조재선의 글스토랑

Comment

이 세상에는 손흥민축구선수 같은 사람,
김연아피겨선수 같은 사람,
아이유가수 같은 사람 등 다양한 사람이 있어요.
그런데 어떤 이는 아이유 같은 사람에게 "왜 축구를 못하느냐"
며 이죽거립니다.

....

너무 슬픈 이야기죠.

대도무문(大盜無門)

역사상 스케일이 가장 '빵빵한' 대도大盜가 등장했답니다.

그는 이 지구상에서 봄을 훔쳐 달아났죠.

'나비처럼 날아 벌처럼 쏘는' 날랜 솜씨.

어디 그뿐일까요.

그의 '겁 없음'은 한량없어 가을도 강탈하기 시작했고, 여름과 겨울도

호시탐탐 노리며 대도무문大盜無門의 길을 갑니다.

그 대도大盜는 바로 우리가 아닐지요.

우리가 이 지구를 함부로 다룬 결과랍니다.

환경오염에 빼앗긴 사계절,

"아~ 빼앗긴 봄에도 꽃은 피는가."

Comment

우리 인간이 '만물의 영장' 이라고요?
환경오염을 일으켜 지구와 동식물들을 괴롭히고,
어마어마한 무기를 만들어,
자기 집지구 파괴 준비를 끝낸 우리 인간이 어떻게
'만물의 영장'이라 할 수 있을까요
만물의 "영창"이라면 모를까.

5부

포기를
허(許)하노라!

모기의 상소문

"전 지구상의 모든 모기는 감히 인간님들, 특히 기독교인께
상소를 올리나이다.
인간님들은 왜 그리 잔인, 악독, 무자비, 극악무도하옵니까!
우리가 인간님들의 피를 먹으면 얼마나 먹는다고 그리 야단법석
이신지요? 인간님의 피 한 컵이면 모기 수천 마리가 행복한
하루를 지급 받을 수 있습니다.

피는 생명이옵니다.
우리는 인간님들의 피가 있어야 살고, 또 인간님들은
예수 그리스도의 피가 있어야 영원히 살 수 있는 것
아니옵니까!

예수님께서는 당신들을 위해 기꺼이 십자가에서
피 흘려 죽으셨잖아요.
그런데 인간님들은 왜 그리 인정이 없으시나이까.

인간님! 저희는 피가 부족하옵니다.
피를 나눠 주옵소서!"

[모기의 상소문]

조재선의 글스토랑

어느 날 밤, 잠을 자려는데 모기가 윙윙대며 기습공격을 합니다. 잠에 겨워 '그래, 어서 한 방 물고 가라'며 모기에게 성은을 베풀었죠. 그런데 이런 배은망덕한 놈. 한 방 먹고 가길 원했건만, 잠시 후 정신을 차려보니 온몸 곳곳에 구멍을 뚫어놓은 것이 아닌가요? 머리 어깨 무릎 발 무릎 발을. 그 모기가 저를 '물'로 본 것이 분명했죠.

즉시 모기에게 선전포고했습니다. 큰 방 작은 방 거실 등 모든 방에 불을 켜고 그 '탈주자'를 찾아 나섰지요.

잠시 후, 제 피로 포식한 그놈이 얼마나 먹어댔던지, 배가 '띵띵 불어' 느릿느릿 저공비행을 하는 것을 포착했습니다. 무슨 주저함이 있을까요. 파리채로 단번에 그 모기를 즉결 처형했죠. 방바닥에 툭 하며 피가 맺힙니다.

'모기 상소문'을 상상한 후부터 모기를 보면 '예수의 피'가 생각납니다. 그러나 저는 모기를 보면 못 참아요. 특히 저를 물로 보는 놈들은.

늑대의 상소문

사람들은 미워요.

나쁘고 포악하고 응큼하게 여자를 울리는 질 나쁜 사람을 왜! 우리 늑대와 같다고 하느냔 말입니다.

명예 훼손도 너무 심한 것 아니나요?

우리 수컷 늑대는 한 아내암컷만을 평생 사랑하는 자상한 동물이랍니다. 항상 가족암컷과 새끼들에게 먹이를 먼저 챙겨주고, 그 후에야 우리 가장은 남은 찌꺼기를 먹지요. 가족암컷이나 새끼이 위험에 빠지면 상대가 아무리 힘센 동물이라도 목숨을 다하여 지켜줍니다. 가족, 특히 아내암컷가 아프면 곁을 떠나지 않고 돌봐주지요.

만약에 사람들,

특히 남자들이 우리 늑대와 같다면 인간 세상이 얼마나 행복할까요.

이 세상의 모든 여자에게 기쁨과 행복이 넘쳐날 것입니다.

그런데도 왜 사람들은 불명예스럽게 우리 늑대들을 질 나쁜 동물로 몰아가죠. 그것뿐, 아닙니다. 사람들은 우리 늑대 가죽이 비싸다며 사냥을 해대서 이제 우리는 멸종위기에 처해 있답니다.

조재선의 글스토랑

인간 여러분, 꼭 정정해 주세요.

우리 늑대들은 정말 신사 같은 동물이랍니다.

Comment

변하지 않는 게 하나 있어요.
그건 바로 사랑이에요.

-영화 겨울왕국

스트레스 의학박사

의학박사 스트레스에게 걱정 근심이 진찰받습니다.

걱정 근심 : "선생님, 왜 가끔 배나 머리가 아픕니까?"

스트레스 박사 : "예, 긍정과 감사 때문이죠!"

걱정 근심 : "왜 항상 피곤을 느끼지요?"

스트레스 박사 : "긍정과 감사 때문입니다."

걱정 근심 : "선생님 어떻게 하면 간이 좋아지나요?"

스트레스 박사 : "절대 감사하면 안 됩니다."

스트레스 박사는 어떻게 하면 긍정, 감사, 기쁨 등을 퇴치하여 이 땅의 백성들근심, 실패, 염려, 불평이 행복할 수 있을까? 를 고민하며 끊임없이 연구하며 스트레스를 받고 있답니다.

Comment

위궤양, 폐렴, 장염, 디스크, 뇌종양, 각종 암 등이 살고 있는 질병 나라가 있었답니다. 그중에 가장 건강했던, 감기는 항상 기세등등했어요. 자기의 건강을 과시하며 거리를 활보했죠. 그날도 감기는 시름시름 앓고 있는 각종 질병 사이를 '여봐란 듯' 누비다가 이장님을 발견했습니다. 감기는 이장님에게 큰 소리로 물어봤습니다.

"이장님! 저 감기 맞지요."

그러자 이장님의 한마디.

"암~"

감기는 자기가 '암'이라는 이장님의 대답에 충격을 받고 앓아 누웠습니다. 고민하던 감기는 이장님 집을 찾아가서 다시 물어봤습니다.

"이장님, 저 감기 맞지요. 감기 맞잖아요."

"암~ 맞다니까, 암, 그렇고말고"

자기의 질병이 "암"이었노라고 생각한 감기는 스트레스와 공포로 엉엉 울고, 정말로 암에 걸려 죽고 말았답니다.

자판을 두드리다가

오늘도 밤늦도록 컴퓨터 자판을 두드린다. 자판을 두드릴 때마다 글자들이 모니터에 파종된다. 컴퓨터라는 파종기는 냉성하다.
자판을 두드린다고, 자판을 두드리면, 자판을 두드린다는 글자들이 파종된다. 이외수의 사색상자 81페이지

저는 오늘도 인생의 자판을 두드립니다. 자판을 두드릴 때마다 그 행적들은 미래라는 모니터에 파종되죠. 나의 현재란 모니터에 파종된 모습지위, 빈부, 행복지수 등등은 과거에 제가 두들긴 인생의 자판입니다. 그리고 제가 지금 두드리는 현재 자판은 미래의 모니터에 그대로 파종될 것입니다.

컴퓨터의 자판은 수정할 수 있지요.
그러나 인생 자판은 냉정합니다.
자판을 두드린다고, 자판을 두드리면, 자판을 두드린다는 글자들이 파종됩니다.
나는 오늘도 내 인생의 자판을 두드립니다.

조재선의 글스토랑

Comment

Opportunity is nowhere.기회는 어디에도 없다. 에서 단어 하나
만 띄어 쓰면,
Opportunity is now here.기회는 지금 여기 있다. 로 바뀝니다.

impossible불가능한 이란 단어에 점(') 하나를 추가하면
I'm possible.불가능은 없다. 가 되고요.

'고질병'에 점(') 하나 찍으면 '고칠 병'으로 '빚'은 '빛'으로 거듭나죠.

우리 삶에 두통거리가 펼쳐진다면 뚫어지게 쳐다봅시다.
어느 곳에 점을 찍을지, 어떤 곳에 띄어쓰기를 실행할지.

믿었던 개미에게 발등 찍히다

2003년 5월. 새로 건축한 다세대 주택으로 이사 온 지, 몇 달 후 벽을 타고 오르는 개미 한 마리를 발견했습니다. 동료에게서 낙오되어 어디론가 힘겨운 행진을 하는 가엾은 개미 한 마리.

그 개미의 모습이 가엾고 또 어떻게든지 살아나려는 의지가 대견하여 용서해 주었죠. 그 후부터 우리 집이 안전지대라는 소문이 났는지 개미들이 하나, 둘씩 모여들기 시작합니다. 종종 소대급으로 움직임이 포착되더니 이제는 연대급으로 개미들이 부흥했지요. 개미들이 점점 불어나는 것을 본 아내는 넓적한 스카치테이프의 찐득한 부분으로 개미박멸을 시작합니다. 아이들의 과자 부스러기 때문이라고 투덜거리며. "찌익~~찌익" 테이프의 접착 면에 붙은 개미들은 발버둥 치며 자기 생을 마감했어요.

어려서부터 개미들에게 친근감을 가지고 있던 저는 이 참상을 더 이상 볼 수 없어 아내를 설득시킵니다. 개미들을 핍박하지 말라며. 그리고 개미가 있는 집엔 바퀴벌레가 없다는 확인되지 않은 풍문을 주장하며. 그것뿐 아니라 성경에서도 개미를 칭찬한다며 아내를 뜯어말렸죠.

"게으른 자여 개미에게로 가서 그 하는 것을 보고
지혜를 얻으라. 개미는 두령도 없고 간역자도 없고

주권자도 없으되 먹을 것을 여름 동안에 예비하며
추수 때에 양식을 모으느니라 잠 6:6-8"

개미와 비둘기, 개미와 베짱이 등 어렸을 적부터 접해왔던 개미에 대한 추억은 개미를 더욱 사랑하게 하였습니다. 아이들이 먹다 흘린 과자 가루는 개미를 위해서 남겨두기까지 했지요. 아내는 바퀴벌레보다 차라리 개미가 있는 것이 위생적이라며 이 남편의 '구국적 대열'에 합류했습니다.

그러던 어느 날. 방에서 바퀴벌레가 발견되었죠. 한두 마리가 아니라.... 싱크대 속에서도, 신발장 속에서도.
바퀴도 안 달린 것이 어찌 그리 빠른지요.

♬ 아~아~ 잊으랴 어찌 잊으리 이날을~ ♬
개미가 있는 곳에 바퀴가 없는 것은 저의 확고한 철학인데. 순간적으로 개미에게 배신감을 느꼈죠. 과자 부스러기도 남겨주고, 사랑해주었건만. 억장이 무너졌습니다. 도대체 사랑스러운 개미들은 무엇을 했을까. 저 많은 바퀴벌레가 나타났는데도.

용서할 수 없었답니다. 순간적으로 아내가 사용했던 고문 기구스카치테이프를 집어 들었습니다. 그리고 어디론가 행진하던 사단급 개미무리들에게 무차별 공격을 퍼부었지요. 나의 테이프 소리를 들은 개미들은 이리저리 혼란에 빠지기 시작했습니다.

"악 ~ 이럴 수가~"

갑작스런 아군의 공격에 개미들은 추풍낙엽이었습니다. 이곳저곳에서 발견된 바퀴벌레는 가만히 놔둔 채로.

어쨌든 그날.
집 안에 사랑스런 개미들은 역사 속으로 사라졌지요. 아내가 정말 싫어하는 바퀴벌레는 종종 나타났지만.

Comment

"인생은 네가 본 영화와는 달라.
……
인생이 훨씬 힘들지."

- 영화 [시네마 천국]

조재선의 글스토랑

현상수배

이 름: 가을

죄 명: 온 천하를 울긋불긋 화려하게 물들이며

　　　사람들의 마음을 쏙 빼놓더니,

　　　며칠 만에 온 천하를 벌거숭이로 만들며 '먹튀' 하려 함

현상금: 빈 라덴에게 걸렸던 액수

2016년 10월 마지막 날에

Comment

학교 화장실은 학교에
교회 화장실은 교회에
백화점 화장실은 백화점에

그런데
공중화장실은 왜 공중에 없나요.

공중화장실은 사실 날개 달린 새들의 전용 화장실입니다.
그러고 보니 새들은 세계에서 가장 큰 화장실을 사용합니다.
전 지구가 그들의 화장실이니
우리 인간은 새들의 화장실에서 삽니다.

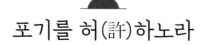

포기를 허(許)하노라

2006년 어느 날, 급한 일로 아파트단지를 빠른 걸음으로 벗어나고 있었습니다. 아파트단지 입구에 있는 마트 앞을 지나칠 순간, 아빠가 마트 앞을 지나간다는 정보를 어디서 입수했는지 둘째가 나타났죠.

"아빠~"

우렁차고 빈틈없는 외침. '아차. 둘째한테 걸렸네~' 둘째한테 걸리면 외상 사절, '얄짤' 없습니다. 몇천 원을 건네든지 마트에 데리고 가서 그가 원하는 것을 사주든지 양자택일 외에는 대안이 없지요.

시간이 없었기에 저는 어쩔 수 없이 돈으로, '땜빵' 하려고 뒷주머니에서 지갑을 꺼내면서도 급히 갈 길로 전진했습니다. 전진 또 전진. 그런데 아빠가 어디를 급하게 가는 모습을 본 둘째는 '아빠가 무척 바쁘신 모양이다~'라고 생각했는지.

"아빠~ 아니야"

라며 자기의 놀이 현장으로 방향을 틉니다. 둘째가 되돌아가는 모습이 왜 그렇게 쓸쓸한지, 저는 지갑을 도로 뒷주머니에 집어넣으며 또한 아들과 같이 쓸쓸했습니다. 둘째는 군것질에 실패하여 쓸쓸했고, 이 아빠는 아들이 힘없이 되돌아가는 모습을 보며 또한 쓸쓸했지요. 아들이 힘없이 터덜터덜 걷는 모습을 보며, 얼마나 안타까운지.

'저런. 저 바보 같은 게, 그냥 오지.

그냥 오면 돈이라도 가져갈 텐데.'

몇 발자국 걸어가며 뒤돌아보니, 아들도 저를 봅니다. 제가 손을 흔들었더니, 아들도 저에게 손을 흔듭니다.
그날 우리 부자는 그렇게 쓸쓸히 헤어졌습니다.

Comment

포기하지 말고 끝까지 걸어가세요.
비틀비틀이라도요.
포기하는 순간 'end'라는 사나운 맹수가 물어뜯습니다.

내가 너와 함께하리라

1999년 봄 어느 날. 우리 부부는 뒤뚱뒤뚱 걷기 시작한 15개월 첫째 아들에게 처음으로 미션을 안겨주었답니다.

"아들아 너 슈퍼 가서 까까 사와!
할 수 있지~"

엄마의 말에 아들은 너무 좋아합니다. 혼자 할 수 있노라고. 엄마는 푸랑크 소세지, 요플레, 아이스크림, 과자 등을 메모지에 적어 돈과 함께 아들 손에 쥐어줬어요. 아들은 예쁜 옷을 입고 신이 나서 엉덩이를 둥실대며 집을 나섰죠.

집에서 슈퍼까지는 약 100미터 정도 거리이고, 좌로, 우로, 또 좌로 꺾어지는 골목길로 이어졌습니다. "잘 갈 수 있을까?" 걱정하는 제게, 아내는 "돈 워리~"라는 한 마디로 멍군을 칩니다. 거의 매일 다니는 길이니 눈감고도 갈 수 있.노.라.며. 그렇지만 오토바이 자동차 그리고 커다란 개들이 활개 치는 골목길이기에 혹시 하는 마음으로 저는 아들의 보디가드를 자청했지요.
아들은 신나게 몸을 흔들며 의기양양 행진합니다. 이 아빠는 아들 모르게 자동차 뒤에 있다가, 전봇대 뒤로 숨고, 꺾어지는 골목에 "짱"박혀 아들에게 어떤 일이 생기면 번개처럼 아들을 구하겠노라며, 민족 중흥의 역사적 사명을 띠고 부성애를 발휘했답니다.

슈퍼를 간다던 아들의 발걸음은 어찌 그렇게 느릿느릿하던지. 가다가 땅바닥에 주저앉아 개미하고 한참 놀다가, 나뭇가지를 꺾어 죄 없는 땅바닥을 이리저리 때리며 고문도 하다가, 지나가는 아줌마들에게 "아유 예뻐"라는 칭찬을 들으면서, 아들은 어~그~적~ 어~그~적 미션을 향해 전진합니다. 바로 어제 태어난 것 같은데 어느덧 띄엄띄엄 걷는 아들이 얼마나 사랑스럽고 대견스러운지.

아들에게 어떠한 위험이 찾아올지라도
나는 내 몸을 희생해서라도 아들을 지키리라~

아들을 향한 사랑에 푹 빠져있는 저에게 하나님의 사랑이 고요히 스며듭니다.

아~ 하나님께서 나와 함께하시는구나!
하나님께서도 나의 뒤에 계셔서 나를 지켜보고 계시겠지~
그러시다가 내가 위험에 빠질 때.
내가 감당치 못할 승냥이가 기습할 때.
세상의 그 어떤 것으로도 위로받지 못할 때.
그때마다 하나님이 나를 지켜주시겠지.

아들은 엉덩이를 뒤뚱뒤뚱하며 미션을 향해 전진합니다.

Comment

'글스토랑'이란 책 제목은 첫째가 생각해 낸 타이틀입니다. 그리고 아빠 이름을 넣으면 더 유식해 보인다고 하면서, 가족 만장일치로 '조재선의 글스토랑'이 문패로 걸리게 되었습니다.
아들들이 초등학교 다닐 때 두꺼운 인문학책을 강제로 읽혔는데, 우리 부부가 자녀들에게 전수해 준 최고의 유산입니다.

헐크가 된 아내

2004년 어느 날. 첫째 아들이 초등학교 입학하고 며칠 후에 받아쓰기 시험지를 가져왔는데 90점입니다. 열 개 중 하나만 틀렸다고 아내는 얼마나 좋아하는지요.

이웃 동생 외할머니 등에게 잘난 척+수다를 떠느라 전화통에 불이 납니다. 치킨을 사주겠다며, 피자를 사주겠다며, 또 무엇 무엇을 해주겠다며~ 난리 축제를 벌였답니다.

그러나 그 축제는 2시간 천하로 끝나고 마는데.

그날 오후. 아들 친구 엄마로부터 아이들이 대부분 100점을 맞았다는 소식을 듣는 순간 아내의 얼굴엔 '붉으락푸르락' 가을 단풍이 내립니다. 피자는 아프리카로 출장을 가야 했고, 치킨은 외딴섬으로 유배를 떠나야 했죠. 자랑스러운 듯 높은 곳에 장식된 시험지는 능지처참을 '명' 받았나니. 아내의 바가지·잔소리는 팝콘 터지듯 아비규환을 이룹니다. 엄마 닮아 똑똑하던 아들은 아빠 닮아 멍청한 아들로 둔갑하면서.

Comment

도토리들의 키 재기를 무시하지 마세요.
도토리들 사이에선 피 튀기는 혈전입니다.

가재는 게 편

2004년 3월 7일. 첫째가 ○○초등학교에 입학하고 3일 후. 아들의 하교 시간에 맞춰 학교로 살짝 암행 시찰을 나갔죠. 그런데 이런 슬픈 일이. 저의 사랑하는 아들의 눈에 눈물이 자욱한 것입니다. 정문 앞에서.
♬ 울고 있는 형제여~ ♬

아들이 울고 있어요. 열이 치솟던 아빠는 그 배후를 밝혀내야 하는 역사적 사명감에 불타올랐습니다. "첫째야. 너 왜 그래. 누가 그랬어."

아들은 한 아이를 지목했죠.
그네를 타고 있는 아이.
얼굴에 개구쟁이 표란 마크가 선명하게 그늘진 아이.
곱슬머리라는 평범한 것을 거부한 아이.

아들의 사랑에 빠진 이 아빠는 이성을 아프리카로 출장 보냈죠. 그리고 그네를 타고 있는 아이에게 소리를 버럭 질렀습니다.
"야~ 이놈아 너 왜 그랬어.~ 너 혼나볼래~"

천둥을 동반한 큰 음성. 순간 그네를 타던 아이는 엉엉 울기 시작했습니다.

조재선의 글스토랑

큰 울음이 뒤따랐죠. 그때 옆에 있던 한 아이가 이실직고합니다. 제삼자의 말을 듣고 보니 이 사건은 분명 아들에 의해. 아들 때문에. 아들의 실수로 벌어진 상황입니다.

그 말을 들은 그네 타던 아이는 울음의 액셀러레이터를 밟기 시작했지요. 으~앙 하며, 목에 핏줄을 그어가며 울음의 최고 속도를 질주하기 시작했습니다. 마치 자기의 울음을 길들이기라도 하듯이. 마치 자기의 억울함을 세상 모든 사람에게 일러바치듯이.

유모차를 끌고 가는 아줌마.
팔짱 끼고 재잘대며 가는 커플.
학교 끝나고 우르르 몰려나오는 학생들.

아들은 흑흑 흐느낍니다. 그네 타던 아이는 엉엉 소리 지르며 웁니다. 그리고 이성 잃은 아빠는 씩씩거렸고요.

제 생애 최고의 쪽팔림이 감도는.
정말 다시 리뷰하고 싶지 않는.
영원히 제 역사 속에서 감추고 싶은 그때 그 사건.
순간 만고의 진리가 떠올랐습니다.

"머니머니 해도 머니가 최고~"

앞에 보이는 슈퍼로 관계된 아이들을 무조건 붙잡고 들어갔죠. 아이스크림콘으로 상황 종료.

만약에 아들이 또 싸운다면. 울고 있다면.
누구의 잘잘못을 가리기 전에 이 아빠는 뛰어들 것입니다.
아들을 구하러.

무식해도 좋아요. 엉뚱해도 좋고요.
벌거벗어도 좋습니다.
내 사랑하는 아들을 위해서라면.

Comment

십 원이라고 얕잡아 보지 마세요.
십 원은 일억 원의 가족입니다.

나의 아들이 누군가에게 괴롭힘을 당하면,
이 아빠가 그 원수를 응징하듯이,
십 원을 우습게 여기다간 1억 원에게 응징당합니다.

지금 나의 한 걸음은 십 원 같지만, 이 하찮아 보이는 작은 것
도 장차 다가올 큰 기쁨의 직계 가족입니다.

조재선의 글스토랑

기절 하나 추가요

점심으로 순두부를 사 먹었는데,

기절할 정도로 맛있더군요. 사장님께 순두부가

기절할 정도로 맛있다고 하니 사장님은

기절할 정도로 좋아하며

기절할 정도의 서비스를 주더군요.

직원이 카라멜 마끼아또를 사다 준 것을 저에게 건넨 것입니다.

카라멜 마끼아또는 정말 기절할 정도로 맛있었습니다.

오늘

기절 안 한 것이,

기절할 정도로 기쁜 날이네요.

Comment

금정의 힘은 정신의 보디가드

불안, 염려, 부정적인 생각 등

수상쩍은 것들이 내게 파고드는 것을 체포하는 것이 그의 사명

기회는 장돌뱅이

2012년 12월, 필리핀 수빅subic을 여행하며 산을 오르는데 신기한 장면이 포착됐습니다. 암탉 한 마리와 10여 마리의 병아리가 무릎 높이의 그루터기에 옹기종기 모여 있는 것이죠. 그 광경은 우리 모두에게서 '하~'란 감탄사를 길어 올렸지요. 그 모습을 담아두고 싶어 조끼의 지퍼 주머니를 열어 카메라를 꺼낸 후, 케이스 지퍼를 열어 디지털카메라를 꺼내 주섬주섬 전원을 켠 후, 사진을 찍으려 하니 마지막 남은 한 마리의 병아리마저 신기루같이 사라집니다.

일류 사진사는 항상 준비되어 있다고 하죠. 순간의 포착을 잡아채기 위하여. 특히 야생 동물을 찍는 사진사는 하나의 명장면을 찍기 위해 몇 시간이든 셔터에서 손을 떼지 않는다고 합니다.

기회는 준비된 자를 위한 선물입니다. 준비되지 않은 자에게 그 사명이 맡겨진다면, 그것을 쥐여 준 자나 받은 자나 모두 불행의 덫에 걸려들 수도 있습니다.

아, 공룡능선!

1995년 1월 저와 룸메이트는 겨울 산행을 떠났습니다. 벼르고 벼렸던 겨울 산행이기에 우리는 대한 독립 만세를 불렀습니다. 코스는 비선대에서 출발하여 마등령에서 1박, 공룡능선을 타고 시흥각에서 2박하고 내려오는 코스로요. 우리는 이 코스가 너무 좋아 세 번에 걸쳐 같은 코스를 고집했습니다.

마등령에서 1박 하고, 아침 일찍 공룡능선에 들어섰는데, 뇌리 속을 휙 지나가는 어떤 불길함이 감지됩니다. 묘했습니다. 겨울 산행의 꽃이라 할 수 있는 공룡능선에 등산하는 이들이 하나도 안 보입니다. 개미는커녕 살아 있는 생물체라고는 우리 둘뿐입니다.

어쨌든 우리는 전선을 넘었죠. 공룡능선을 만끽하며 멋진 경치가 나오면 카메라 셔터를 연신 누르며 느긋느긋 가던 그때, 갑자기 복병이 등장합니다. 폭설이었죠. 1미터 앞도 안 보이는 함박눈. 후에 알고 보니 그날, 설악산 일대에 폭설 주의보가 내려진 상태였고, 아무것도 몰랐던 우리는 느릿느릿 사진 찍으며 공룡능선 깊숙이에 들어선 것입니다.

폭설의 전략은 뛰어났습니다. 폭설은 우리가 공룡능선의 중앙 깊숙이 들어설 때까지 참고 기다렸다가, 우리가 중심부에 들어서자, 기습공격을 퍼붓는 것입니다. 서둘러야 했습니다. 우리는 6.25 때 중공군에 밀려 무작정 후퇴했던 국군처럼 시흥각을 향해 내달렸습니다. 눈雪이 무서웠습니다. 함박눈은 눈이 아니라 총알이었습니다. 한참을 내달리던 우리의 걸음은 브레이크를 밟아야 했습니다. 막다른 골목, 사방팔방으로 아름드리나무들이 우리를 에워싸고 있습니다. 함박눈이 우리를 공격하여 막다른 골목으로 내몬 것이 분명 합니다. 분명 시흥각까지는 감각으로 얼마 안 남은 것 같은데, 길이 없습니다. 어두움은 저벅저벅 우리에게 달려들고, 함박눈이 총공세를 펼치니 눈雪은 우리의 무릎까지 차고 올라옵니다.

이제 일어설 힘도 없었고, 눈꺼풀이 감기기 시작합니다. 이렇게 추운데 졸음이 오는 것이 신기했습니다. 그냥 눈 위에서 자고 싶었습니다. 그런데 저를 꼬드겨 겨울 산행을 데려온 룸메이트가 배낭에서 빨래방망이 만 한 커다란 진주햄 소시지를 꺼내 반을 잘라 줍니다.

진주햄 소시지는 꿀맛이었습니다. 한 입 베어 물고 물 대신 눈을 받아먹으며 허기를 달랬지요. 그러던 어느 순간, 눈이 밝아지며 다리에 힘이 들어오기 시작했습니다. 그리고 꼭꼭 숨어 있던, 그렇게 보이지 않았던 시흥각을 알리는 표지판을 발견했고 그제야 우리는 죽음의 구덩이에서 벗어날 수 있었답니다.

우리가 시흥각 휴게소에 도착하니, 주인이 우리를 보고 혀를 찹니다. 여기 미친 사람이 있다고요. 진주햄 소시지는 우리 생명의 은인입니다.

감기님이 감동하셔서

지난주에 감기님이 왕림하셨죠.

저는 그분을 지극 정성으로 모셨지요.

약도 안 먹고, 격렬한 운동도 하고, 잠도 조금 자며, 책 읽는 등~

어차피 잠깐 계시다 가실 분이기에, 평안하시라고 지극 정성으로 보살펴 드렸습니다. 그랬더니 감기님이 감동하셔서 바로 내 곁을 떠나셨답니다.

감기님 만세.

그때 갑자기 한 편의 시가 떠올라 읊어 봅니다.

감기가 목구멍을 쳐들어와 항복했더니,

콧물과 재채기, 인후통 삼총사가 나를 괴롭히네,

감기는 나의 원수

아주 많이 미워했지

그때 울려 퍼지는 말씀

원수를 사랑하라

조재선의 글스토랑

어쩔 수 없이 감기를 사랑했다네

오죽 했으면 내게 왔을까.

있는 동안 평안히 잘 지내길.

그러고 보니 사랑할 것투성이

무좀, 탈모, 실패, 만성위염 그 외, 지질한 모습들

언젠가 나를 떠나갈 내 사랑들

있을 때 잘해 줘야지.

Comment

독자 여러분. 저를
시인이라고
시인해 주세요.

행복 찌개

내 인생의 철든 때를 구분하라면 주저 없습니다. 파 마늘을 이해하기 시작한 때라고요. 어린 시절엔 파 마늘이 어찌 그리 고약한지, 그 고약한 냄새 꾼들을 왜 반찬마다 빠짐없이 초대하는지 정말 '으악' 이었죠.

철이 들고 보니 파, 마늘이 어찌 그리 귀한지요. 찌개를 끓일 때는 맛있는 된장, 고기, 두부, 감자와 고약한 파, 마늘 등이 잘 조화되어야만 맛있는 찌개가 됩니다.
인생이 어찌 성공, 1등, 합격 등 명품만이 득실거린다고 멋진 인생일까요.

인생이 맛있게 끓여지려면. 고기 같은 성공, 두부 같은 합격, 된장 같은 활력, 고추장 같은 깡다구, 버섯 같은 휴식, 멸치 같은 운동, 감자 같은 행복, 그리고 파와 같은 스트레스, 마늘과 같은 실패 등등의 여러 가지 재료들이 시간이라는 뚝배기 속에서 어떤 인생은 70년, 80년 그리고 어떤 인생은 90년 동안 팔팔 끓을 때 우리의 생生은 정말로 멋찌개, 보람된 찌개, 내 생애 최고의 찌개를 만들어 낼 것입니다.
파와 마늘은 인생의 향신료랍니다. 인생을 더욱 맛나게 하는.

인물 정체 시속 10km

결혼식 시간은 다가오는데 차량 정체로 장장 1시간 넘게 터널에 갇혔습니다. 웬 차들이 이렇게 많은지.

"앞에 차들이 비켜서야 내가 달릴 수 있는데."

우리 인생길에도, 인물 정체로 많은 이들이 도로에서 터널에서 발을 동동 구르고 있습니다. 내 앞에 길을 막고 있는 경쟁자, 직장 상사, 그 외 앞에 서 있는 자들, 이들이 비켜서야 내가 달려가는데 말입니다. 사업이든 직장이든 많은 도로에서 인물 정체로 제 속도를 못 냅니다. 많은 이들이 조바심으로 속이 타들어 갑니다.

"앞에 차들이 비켜서야 내가 달릴 수 있는데."

Comment

전철에서 내려 잠시 갈등합니다.
오른쪽으로 걸어 계단에 오를지, 반대편으로 계단에 오를지,
거리가 비슷했거든요.

순간 갈등하다, 저는 많은 이들이 택한 쪽으로 걸으며 두 번이
나 뒤돌아봅니다. 반대편 길이 더 빠른 길이 아니었는지,
오늘도 저는 여러 번 길을 선택하며, 또 몇 번 뒤돌아보며 여운
을 남깁니다.
과연 이것이 최선이었는지.

혹 떼려다, 혹 붙이고

"대장간의 합창"이란 곡이 필요해서 둘째 아들에게 다운로드를 부탁했는데, 이분께서 700원이 아깝다며 공짜 다운로드를 내려받았죠. 그런데 그 허술한 공짜 다운로드님께서 왕림하실 때, 악당 바이러스님께서 몰래 컴퓨터에 침투해 들어오셨습니다. 그리고 제 컴을 초토화시켜 버렸네요. 그동안 모든 사진+ppt자료들이 운명하셨답니다. 제 생애 최고의 손실,

저는 즉시 온 가족에게 공짜 다운로드 금지 법안을 발효시켰습니다. 소 잃고 열심히 외양간 고쳤답니다.

Comment

"End"라는 맹수가 포효하며 달려들 때
삼류 인생은 맹수의 밥이 됩니다.
이류 인생은 헐레벌떡 도망갑니다.
일류 인생은 맹수를 잡아 바비큐 파티를 합니다.

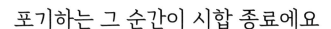

포기하는 그 순간이 시합 종료에요

중요한 모임이 있어서 근사하게 차려입고 근사한 마음으로 근사하게
출발하려고 하는데, 윽, 차 스마트키가 행방불명~

알고 보니 차 스마트키는 서울 간 아내의 코트 속에 납치당해 울부짖
고 있었지요. 어쩔 수 없이 비상키를 찾는데, 얘는 숨바꼭질 선수죠.
집안을 뒤집고, 서랍이란 서랍은 모두 알몸 수색하고, 가방이란 가방,
주머니란 주머니는 모두 뒤집었는데도 오리무중~

"얘야 어디 갔니~"차 스마트키 찾아 3만 리가 아니라 30분,
어쩔 수 없이 부랴부랴 전철 타고 버스 타고 이봉주 선수같이 달리고
달려 행사 막바지에 간신히 턱걸이, 씩씩거리며 집에 돌아왔는데~ 아~
그 찾아 헤매던 보조 스마트키는 현관 바로 앞에 있는 5단 책장 위에
서 저를 비웃듯 바라보고 있더군요. 휴,

마음이 급하면 찾아지지 않습니다.

차 스마트키도, 지갑도, 가져갈 서류뭉치도, 비전도, 꿈도.

Comment

포기하는 그 순간이 시합 종료에요.

-영화 슬램덩크

땅 따 먹기

초등학교의 올챙이 시절, 제 삶을 송두리째 빨아들이던 놀이가 있었으니 이름하여 '땅 따 먹기'입니다. 광일이랑 돈종이랑 학교 끝나기가 무섭게 '땅 따 먹기' 블랙홀에 빠져들었죠. 이기고 있을 땐 얼마나 신나던지 세상이 다 내 것 같았는데, 땅을 못 늘린 날은 하늘이 무너지는 것 같았습니다.

인생의 축소판 땅 따 먹기.
저는 그때 인생을 '올인'했답니다. 모든 희로애락이 그 놀이에 집중되어 있었죠. 학교도 집도 그 모든 것을 다 잊은 채 그 놀이에 '올인'했습니다.

놀이의 한복판.
땅을 조금이라도 더 넓히기 위해, 친구의 영역을 더 빼앗기 위해 최고의 전술과 모략이 뒤엉켜 놀이는 점점 더 뜨겁게 달아올랐죠. 땅이 넓어질 때는 이제 조금만 더, 조금만 더, 조금만 더, 세계 최고의 부자도 안 부러웠고. 친구의 땅이 넓어져 내 영역이 안 늘어나면 어찌나 원통한지. 가슴이 터질 것만 같았습니다.
태양이 우리가 재밌게 노는 것을 시기해 산속으로 줄행랑치기 시작하면 어디선가 어김없이 엄마의 '어명 소리'가 울려 퍼집니다.
"재선아! 들어와 밥 먹어라!"

그때서야 배에서 '꼬르륵 꾸르륵'이 살려달라는 울부짖음을 듣고 우리는 각자 집으로 흩어집니다. 모든 인생을 걸고 건축한 거대한 땅 따먹기의 도시를 우리는 언제 그랬냐는 듯 발로 짓밟고 엄마한테 달려가죠. 어른이 된 지금 역시 저는 땅 따 먹기의 충성스러운 포로가 되어있답니다.
아파트 평수를 조금 더 넓히기 위해,
명예를 더 뛰어넘기 위해,
각자가 추구하는 어떠한 성을 더 높이기 위해.

어릴 적 '땅 따 먹기' 할 때, 그 노는 것이 너무 좋아
"엄마가 더 있다가 불렀으면 좋겠는데,
아 이 놀이를 더 했으면,"
지금 저는 땅 따 먹기의 최절정기 속에서 허덕이고 있어요.
그리고 어릴 때의 간절한 소망이 현재의 소망이기도 합니다.
"아 더 살아야 하는데,
내 땅을 더 넓혀야 하는데,
아 하나님께서 더 늦게 부르시면 좋을 텐데"

엄마가 부르면 그때야 배고픈 것을 알고, 언제 그랬냐는 듯 엄마 품에

달려가는 꼬맹이들.

미래의 어느 순간, 하나님은 큰 소리로 부를 것입니다.

"재선아~ 이제 어서와~"

그러면 주님이 부르신다는 기쁨 때문에

"주님~ "

하고 달려가는 멋진 모습을 상상하며.

광일이와 돈종이랑 다시 한번 모여 땅 따 먹기를 하고 싶습니다.

Comment

인생이란 열차는
운명의 레일이 아니라,
상상의 레일 위를 달립니다.

조재선의 글스토랑

드실 만, 했나요?

돈가스 김밥, 피자 만두, 라이스버거, 로제 떡볶이.
이 음식의 공통점을 찾아보세요.

찾으셨나요? 맞았어요. 맛있는 음식이에요. 흔히 퓨전요리라 불리는 음식들입니다. 안 그래도 맛있는 요리들인데, 모이고 또 모였으니 더욱 맛있고 새로운 요리로 재탄생했습니다.

이 퓨전요리들은 매우 간단한 음식이지만 동시에 매우 심오한 음식입니다. 어느 누가 감히 그 큰, 돈가스를 김밥에 넣을까 생각했겠습니까. 마찬가지로 누가 그 큰 피자를 조그마한 만두 안에 넣을까 상상했겠습니까. 도대체 누가 흩어지는 밥알로 버거를 만들 생각을 했겠습니까. 이 음식들을 저희가 먹을 수 있는 이유는 단 한 가지 '상상력'입니다. 상상력이란 것은 인간이 가진 가장 커다란 무기입니다. 이 무기를 잘 갈고 닦은 사람들만이 퓨전요리를 만들어 낼 수 있습니다. 저는 이 거대한 무기인 상상력이란 것을 좋아해 이 글스토랑을 오픈했습니다.

독자 여러분 맛있게 드셨나요?

아리송한 인생을 즐기는 법, 유머, 감사, 그리고 사랑

권선복 | 도서출판 행복에너지 대표이사

"저는 가끔 포복절도합니다. 인생이 재밌기 때문입니다"

이 책 『조재선의 글스토랑』의 첫 문장은 아주 인상적입니다. 급격한 사회 변화, 사회적 불안과 갈등, 세계적인 기후 변화 등 여러 가지 요소들은 많은 이들의 삶을 송두리째 바꾸어 놓았으며, 사람들은 인생에 대한 불안과 어려움을 느끼고 있는 상황입니다. 그렇기 때문에 거침없이 '인생이 재미있다'고 말하는 조재선 저자의 모습은 많은 독자들에게 신선한 도발로 다가옵니다.

그렇다면 저자는 어떠한 어려움도 없이, 인생의 즐거움만을 느끼며 살아온 사람일까요? 결코 그렇지 않다는 것을 이 책을 읽다 보면 느낄 수 있습니다. "전에는 스트레스 범벅이던 에피소드가, 가슴 아프게 하던 사건이, 시간이라는 소금에 발효되니 추억이 되고 감동이 되는

맞난 이야기로 변한 것입니다."라는 저자의 말처럼 이 책이 들려주는 이야기들은 우리 대부분이 일상에서 경험하는 가족 간의 갈등과 불만을 포함하고 있습니다. 당시에는 화가 나고, 슬프고, 원망스럽고, 후회하기도 하고, 큰 소리로 싸워 가면서까지 인정받고 싶었던 수많은 일들이 지나고 나서 돌이켜 보니 추억이 되고, 행복이 되고, 멋진 절경이 되었다는 조재선 저자의 고백은 우리 인생의 기쁨과 슬픔이 근본적으로 어떤 존재인지 잘 보여주고 있는 것 같습니다.

무엇보다 이 책은 무척 재미있습니다. '웃음으로 민족중흥의 역사적 사명을 띠고 있는' 조재선 저자는 가벼우면서도 자유분방한 형식과 문장, 무릎을 탁 치게 만드는 유쾌한 유머, 그리고 깊은 공감으로 따뜻하게 독자들의 가슴을 어루만집니다. 때로는 '이런 이야기를 해도 되나?' 싶을 정도로 허물없이 솔직하기도 합니다.

이 책 『조재선의 글스토랑』은 저자 개인의, 가족의, 주변에서 생성된 이야기이지만 차근차근 살펴보면 모든 사람이 겪어내는 평범한 일상입니다. 그렇기 때문에 어떤 이에게는 지나치기 쉬운 일상이 특별한 의미로 다가올 수 있고, 어떤 이에게는 웃음과 눈물이 공존하는 소중한 추억으로 남을 수 있을 것입니다.

'행복에너지'의 해피 대한민국 프로젝트!

〈모교 책 보내기 운동〉〈군부대 책 보내기 운동〉

한 권의 책은 한 사람의 인생을 바꾸는 힘을 가지고 있습니다. 한 사람의 인생이 바뀌면 한 나라의 국운이 바뀝니다. 그럼에도 불구하고 많은 학교의 도서관이 가난하며 나라를 지키는 군인들은 사회와 단절되어 자기계발을 하기 어렵습니다. 저희 행복에너지에서는 베스트셀러와 각종 기관에서 우수도서로 선정된 도서를 중심으로 〈모교 책 보내기 운동〉과 〈군부대 책 보내기 운동〉을 펼치고 있습니다. 책을 제공해 주시면 수요기관에서 감사장과 함께 기부금 영수증을 받을 수 있어 좋은 일에 따르는 적절한 세액 공제의 혜택도 뒤따르게 됩니다. 대한민국의 미래, 젊은이들에게 좋은 책을 보내주십시오. 독자 여러분의 자랑스러운 모교와 군부대에 보내진 한 권의 책은 더 크게 성장할 대한민국의 발판이 될 것입니다.

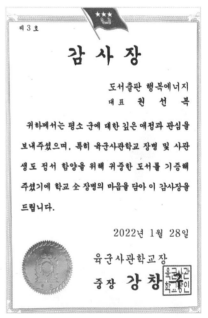